dear+ novel
Wakaba no koi・・・・・・・・・・

若葉の戀

小林典雅

新書館ディアプラス文庫

若葉の戀

contents

illustration : カズアキ

若葉の戀
wakaba no koi

ある春先の午下《ひる》がり、入寮日を控えて荷造りしていた捷《しょう》の部屋に、妹が拗《す》ねた顔を覗かせた。

「……ねえ、おにいちゃま、どうしてもリョウっていうところにいかなくちゃいけないの？　まいにちおうちからがっこうにいくのではだめなの？　茜《あかね》がこんなにたのんでも……？」

六つの妹は、もうすぐ尋常《じんじょう》小学校の一年生になる。

十《とお》離れているが、捷の面立《おもだ》ちが母親似の女顔であまり男くさくないせいか、今でもねだられると断れずにままごとの相手などをしてやったりするせいか、いつまでも兄離れせずくっついてくる結構なお兄ちゃん子だった。

茜は先日の合格発表の日には飛び跳ねて喜んでくれたが、捷が寄宿生になると知った途端、畳《たたみ》に突っ伏して号泣《ごうきゅう》し、その後も繰り返し同じことを訴えて困らせる。

捷が入学する煌星《こうせい》学園高校は、明治中期創立の全寮制の私学で、帝大合格率が官立のナンバースクールに引けを取らない名門校である。

高等教育を受けられるのは同年代の男子の一％ほどという時代、高校生は明日の日本を背《しょ》負《っ》って立つエリート予備軍として『末は博士か大臣か』と将来を嘱望《しょくぼう》される存在だった。

捷の父も煌星の卒業生で、青春時代の思い出話を聞くうちに自分も行ってみたくなり、去年一年猛勉強して難関の入試を突破したのだった。

本棚から寮に持っていく本を選んでいた手を止め、捷は妹を振り返った。

「だから何度も言っただろ、茜。煌学生は地元に住んでても全員寮に入らなきゃいけない決まりなんだよ。父さんが通ってた頃も、ブルジョアな同級生の母親が『宅の息子にむさくるしい男子寮は不憫《ふびん》なので、通学させせたいざます』って校長先生に直談判したけど、『当校は寮も人格育成の重要な場と考えており、特例は認められぬ。入寮か退校か、お選びを』ってばっさり即答だったそうだよ。茜はお兄ちゃんが追い込みのとき、ご飯食べるときも用足すときも本を離さず一日十時間の猛勉強して、根性で受かったって知ってるのに、退学になってほしいのか？」

身を屈《かが》めて目を合わせると、茜は小さな唇を引き結び、しばし葛藤《かっとう》したのちおかっぱ頭をふるふる振った。

捷は「よし」と頷いて妹の頭をぽんと撫でる。

すこし考えてから、捷は荷造りのトランクの中から英語の辞書を取り、内表紙に挟んでおいた家族写真を抜き取った。

「ほら、これをやるから、お兄ちゃんと話したくなったら、この写真に話しかけたらいい。それに寮まで電車で三十分の距離だし、試験とか行事がなければ週末には帰ってくるよ。そしたらまた遊んでやるからさ」

先日新しい制服ができあがったときに、家族四人で写真館で写したものを茜に渡す。

丸眼鏡をかけた父の弦彦《つるひこ》も、母の従子《よりこ》も晴れ着姿の茜もそこそこ実物どおりに写っており、もし寮でホームシックになったときのためにこっそり持っていくつもりだった。

でも、初めて親元を離れるとはいえ、なかなか帰省できないような遠くに住むわけでもないのに家族写真を持っていったら、寮の同室者たちに子供っぽいとか女々《めめ》しい奴だと思われるかも、と見栄を張って妹に譲る。

「おまえも小学校に上がるんだから、いつまでも淋しがってないで、勉強しっかり頑張れよ。お兄ちゃんも頑張るから」

「うん、わかった」

お写真ありがとう、おにいちゃま、と茜はやっと笑顔を見せ、大事なものをしまっておく宝箱に入れに行くらしく、パタパタと階段を下りていった。

捷はくすりと笑み、残りの着替えや文房具、母が用意してくれた洗面道具などの生活必需品を詰めてトランクを閉じた。

窓を開けると、ゆるく流れこんできた四月の風が、壁に吊るした詰襟《つめえり》と釣鐘《つりがね》マントの裾《すそ》を揺らす。

ナンバースクール筆頭《ひっとう》の一高《いちこう》から広まった「弊衣《へいい》破帽《はぼう》に朴歯《ほおば》の下駄」の「バンカラ」は高校生を象徴するスタイルで、多くの中学生の憧れだった。

制服は古めかしいほど箔《はく》があるとみなされ、新品ならわざと古い油や醤油で汚して年季感を出したり、下駄の鼻緒の幅を異様に太く加工したり、学帽に鋏《はさみ》を入れて毛羽立《けばだ》たせたり、小汚い手ぬぐいを腰に提《さ》げたりするのが乙《おつ》とされる。

捷も無事受かった暁《あかつき》には憧れのバンカラにしようと目論《もくろ》んでいたので、マントに鉤裂《かぎざき》を作ったり、あちこち改造しようと、針と糸や古油などを母にもらいに行くと、理由を問われてすぐさま止められてしまった。

「おやめなさい、バンカラなんて。わざわざ新品を汚すなんて罰当《ばちあ》たりですよ。それに突飛な太さの鼻緒なんて、天狗《てんぐ》の履物《はきもの》みたいでおかしいし、わざと不潔っぽいなりをする意味がわかりません。普通にきちんと着たらいいじゃないの」

「だって、それじゃ中学のときと変わらないじゃないですか。せっかく高校生になれたのに。みんなやってるし、小汚くてボロい感じが、おしゃれとか低俗なことに拘泥《こうでい》しない、質実剛健なインテリ高校生らしくて大人っぽいでしょう?」

なんとかバンカラのかっこよさをわからせようと言い募《つの》ると、母はうりざね顔の切れ長の瞳をすっと細めた。

「いいえ、まったく。あれこれ小細工して粋《いき》がる軽佻《けいちょう》浮薄《ふはく》な稚気《ちき》しか感じません。『みんな』というのは大抵三人と相場が決まっているし、ほかの人もやっているからといって、なんでも同じにすればいいというものではありません。奇を衒《てら》うような姿で見せつけなくても、内面に真の知性や品性があれば、自《おの》ずと滲《にじ》み出てきます。上辺《うわべ》を恰好つけるのではなく、中身を恰好よくする努力をなさい」

「……はい」

びしびし小言を食らい、ついでに衛生観念にうるさい母から、空気の澱《よど》んだ埃《ほこり》だらけの部屋は結核などの温床《おんしょう》になるので、寮の部屋は毎日掃除と換気をして、布団も敷きっぱなしにせず時々日に当て、風呂もさぼらず入り、シャツも下着もこまめに替えて洗濯するようにと懇々《こんこん》と言い聞かされた。

怒ると怖いし口うるさいが、家族思いで甲斐甲斐《かいがい》しい母と離れ、なんでも自分でやらなければならない寮での新生活を思うと、大丈夫かな、と若干《じゃっかん》不安も覚える。

でも、その場になればなんとかなるだろうし、寮には百五十人の新入生と、倍の数の上級生やトッププレベルの教授陣がいる。

きっとその中に尊敬できる相手や気の合う仲間が見つかるだろうし、父のように生涯の友人にも出会えるかもしれない。

そんな期待を胸に煌星学園天燈《てんとう》寮の門をくぐった入寮日、捷はこいつとは絶対気が合わないと思う相手と出会った。

＊＊＊＊＊

武蔵野《むさしの》の緑豊かな田園地帯にある煌星《こうせい》学園は、学業の妨《さまた》げになる種々の誘惑から遮断された、陸の孤島のような環境を創立時より保っている。

と言っても二駅先の『出射《いでい》』には繁華街があり、週末になると映画館や寄席《よせ》や喫茶店、飲み屋やダンスホールや廓《くるわ》に足を運ぶ煌学生も多いが、最寄り駅の『煌星学園前』駅の周辺は数軒の食べ物屋や煙草屋や本屋があるのみだった。

駅からプラタナスの並木道を十五分ほど歩いたつきあたりに煌星学園のレンガ造りの校舎がそびえ、隣に南・北・東の三棟からなる天燈《てんとう》寮が併設《へいせつ》されている。

同じ電車から吐き出された新入生たちと一緒に一本道を進みながら、捷《しょう》は制帽の庇《ひさし》の下から興味深げな視線を左右に走らせる。

大抵は捷と同じくトランクを片手に一人で歩いているマント姿の少年や青年だが、中には母親やお供連れもいる。

小学校の先生の月給が五十円の頃、高校の入学金は二百四十円、寮費が二十七円、制服・マント・制帽・革靴の一揃えが七十七円、さらに授業料や生活費の仕送りも必要で、必然的に生徒は中流以上から上流家庭の子息が多くなる。

捷の父は古代朝鮮語の言語学者だが、論文や研究書の稿料だけでは暮らしが立たず、高等女学校で教鞭《きょうべん》もとっている。

うちは貧乏でもないけど裕福でもないのに進学させてもらえたんだから、絶対落第しないで三年で卒業しないと、と改めて気合を入れながら歩いているうち、天燈寮の門が近づいてきた。

木の表札がかかった門のそばで、坊主頭や長髪や髭面《ひげづら》の、学帽や詰襟《つめえり》を着ていないと教師か生徒かわからないような年嵩《としかさ》の上級生たちが、「新入生諸君はこちらで入寮の手続きを済まされたい」「本人確認のため、合格通知の提示を乞う」などと大声で誘導に当たっている。

門を入ってすぐの前庭に「受付」と紙が貼られた机が二か所置かれ、それぞれ担当の学生たちが対応しており、手続きの済んだ新入生は案内係らしき先輩と連れだって自分の寮に向かっている。

さすが高校の寮ともなると、先生じゃなくて生徒たちが運営に当たるんだな、と様子を窺いながら、捷は二つの列の短いほうに並んだ。

捷の順番になり、受付の机の前に立つと、瓶底《びんぞこ》メガネをかけた先輩が言った。

「ようこそ、天燈寮へ。君の名前と組を聞かせてくれたまえ」

「はい」と捷は頷き、

「文科甲類（第一外国語が英語）、鞍掛《くらかけ》捷です」

緊張と晴れがましさの混じる思いで名乗ると、名簿を指で辿《たど》っていた先輩に「君は南寮の一階五号室になる」と告げられた。

南寮の五号室、と新しい住処《すみか》となる場所を口の中で繰り返したとき、隣のにきび面《づら》の先輩が「荊木《いばらき》、おまえの担当の子だぞ」と周りにわらわら立っている先輩たちのひとりに声をかけた。

はい、と穏やかな美声の返事が聞こえたすぐ後、別の誰かが突然大声で叫んだ。

「おーい、また南寮にシャンが入ったぞ！　今年は南が当たり年だ！」

「……え？」

背後で響いた伝令調の大声に驚いて振り返ると、後ろの建物のいくつもの窓から鈴なりに身を乗り出してこちらを見ていた寮生たちが「うおぉーっ！」と地鳴りのような雄叫《おたけ》びを上げた。

「……は？　な、なに……？」

ぎょっとたじろぐ捷の視界に、咆哮《ほうこう》しながら竹刀《しない》やバットで壁や床を叩いたり、両手にはめた下駄を打ち鳴らしたり、物差しで薬缶《やかん》や洗面器をガンガン叩いたり、さながら道具を持った野生の猿の群れのごとき光景が映る。

……なんだこれは。

なにやってるんだ、この人たち。

煌学生は秀才集団のはずなのに、とてもそうには……と唖然として固まる捷の肩に、ぽんと誰かの手が置かれた。

ハッとして振り仰ぐと、長身の先輩に笑みかけられる。

「やあ鞍掛くん。驚いたかな。いつものことだし、歓迎しているだけだから、怯えなくても大丈夫だよ。僕は理乙（第一外国語が独逸語《ドイツ》）二年の荊木成高《なりたか》。五号室のチューターを任されたから、一年間、どうぞよろしく」

さっき聞こえた穏やかな声で告げられ、

「……あ、は、はい、初めまして。こちらこそ、よろしくお願いします……」

とまだ狼狽《ろうばい》を引きずったまま、ひとまず挨拶《あいさつ》はちゃんとしなければ、と捷はぺこりと頭を下げる。

「南寮は一番奥になるから、入口まで案内するよ。ついてきて」

ひとしきり続いた意味不明の騒音が鳴りやみ、何事もなかったかのように荊木に促《うなが》されて、捷は慌てて後を追う。

細長い木造二階建ての寮がコの字型に三棟並び、各寮から屋根つきの渡り廊下で繋がる中央棟に食堂や談話室、浴室や救護室、購買部などがあると荊木が指を差して教えてくれる。

捷は頷いて聞きながら、

「……ええと、荊木先輩、すみません、今更なんですけど、『チューター』というのは、僕たちの部屋の監督生という意味でいいんでしょうか……？」

具体的にどういう存在なのかよくわからなかったので訊いてみる。

「もっと気楽な相談相手というか、お兄さん役みたいなものかな。一年生は四人部屋で、各部屋にひとりずつ上級生のチューターがつくことになってるんだ。寮のことでも勉強のことでも、個人的な悩みでも、なにか困ったことがあれば、いつでも相談に乗るよ。僕の部屋は南寮の二階の十四号室だから、部屋に来てくれてもいいし、食堂でもどこでも遠慮なく呼び止めていいよ」

「わかりました。ありがとうございます」

荊木の親切な言葉に、父から煌星のモットーは『紳士たれ』というものだと聞いたことを思い出す。

でも、この先輩はともかく、さっきの猿みたいな大騒ぎは全然紳士的じゃなかったし、いつものことって言ってたけど、父の頃と校風が変わったんだろうか、と考えこんでいると、どこかから美しいピアノの旋律《せんりつ》が風に乗って耳に届いた。

「……これは、レコードですか？」

音楽の授業で聞き覚えのあるショパンの曲で、素人耳《しろうと》でもプロ級の演奏だとわかる。

難曲なので、誰かが蓄音機《ちくおんき》をかけているのかと思ったら、荊木が首を振った。

「いや、これは扇谷《おうぎたに》さんっていう理甲三年の先輩が弾いてるんだ。ほんとは音楽学校に行きたかったんだけど、家の人が許してくれなかったんだって。授業も出ずにずっと講堂で練習してるから、二度留年してるんだけど、おかげでいつでも名演奏を聞けるし、うちの寮歌もたくさん作曲してくれてるんだよ」

「……へえ、すごいですね」

留年は別として、ピアニスト並みの腕前や作曲の才能がある学生がいるなんて、やっぱりさすが煌学、と感心しながら中庭を歩いていると、突然そばの寮の二階の窓から、

「東寮九号室、ただいまより寮雨《りょうう》を行うっ」

と叫ぶ声がした。

リョオウ？　と意味がわからず、声のした前方の窓を見上げると、いきなり上空に向かって突き出された一物《いちもつ》から放物線を描いて黄色い液体が目と鼻の先の地面に落下してきて、捷はぎょっと斜め後ろに飛び退《すさ》る。

なにをやってるんですか、あの人は、とあんぐりしながら荊木に目で問うと、事もなげに解説された。

「そんなすっ飛んで逃げなくても、このくらい離れてれば飛沫《しぶき》も飛んでこないから大丈夫だよ。悪《あ》しき慣習だけど、生理現象だし、厠《かわや》に間に合わないときはしょうがないよね。一応放尿《ほうにょう》前に予告をするのが礼儀だから、もし自分の部屋の上から合図が聞こえたら、急いで窓を閉めないと飛び散ってくるから気をつけて」

「……は、はい」

遠くからショパンが聞こえる中、窓から立ちションする人もおり、ほんとに各々《おのおの》がやりたいことを気儘《きまま》にやるところなんだな、高校の寮って、と洗礼を受けていると、

「ときに鞍掛くん、なにか武道の心得《こころえ》はある？」

と荊木に唐突に問われ、捷は目を瞬《しばた》く。

「いえ、特には。なぜでしょうか？」

父はボート部の選手だったそうだが、捷は運動全般が苦手で、中学五年間の体育の成績はいつも甲乙丙丁《へいてい》の丁だった。

高校は中学よりもさらに文武両道が奨励され、他校との対抗戦が異様に盛り上がるらしいが、捷が自信を持って参加できるのは観戦や応援くらいしかない。

「捷」なんて名前の割に全然敏捷《びんしょう》じゃないから、もし運動部への勧誘だったら断るしか……、と肩身の狭い思いで返答を待っていると、予想外の返事が返ってきた。

「老婆心《ろうばしん》かもしれないけど、五号室のチューターとして、一応注意喚起《かんき》しといたほうがいいのかなと思って。君と、君の同室の筈見《はずみ》くんっていう子が、今年の新入生の中で群を抜くシャンだから」

「……はぁ。シャン、ですか」

さっきも先輩たちがそんなことを言って騒いでたようだけど、どういう意味なんだろう、と捷が首を傾《かし》げると、

「独逸《ドイツ》語で『美しい』という語のシェーンから、美人とか美形をシャンって言うんだけど、君たちが秋の紀念祭の寮劇でメッチェン（若い女性）の役に選ばれるのは確実だろうし、美術部のモデルを頼まれたりするかも。それくらいなら無害だけど、美少年好きな硬派が熱を上げて

夜這《よば》いに行く可能性もゼロじゃないから、腕に覚えがないと困ると思って」

と穏やかな声で不穏なことを言われる。

「……え。よ、夜這い？」

そんな言葉は父の思い出話には出て来なかった、と驚愕して捷は目を見開く。

夜這いというのは夜に誰かが寝床に忍んでくることだろうし、いかがわしい言葉なのもわかるが、具体的に同衾《どうきん》してなにをするのか詳細がよくわからない。

でもそんなことが自分に起こりうるとはとても思えず、

「……いや、まさか、そんな、だって、僕は、たしかに母親似とはよく言われますけど、美形なんて言われたことないし……」

焦ってぶんぶん首を振ると、荊木は意外そうに片眉を上げた。

「言われたことないんだ。凄《すご》シャンなのに。きっと周りに照れ屋な友達が多かったんだね」

「え。いや、ほんとにそんなこと全然……それに顔は女みたいでも、僕はれっきとした男なので、夜這いとか、そんな対象になるわけが……」

しどろもどろに否定すると、荊木はあっさり言った。

「愛の対象って人によって様々だから、男だからありえないとは言い切れないと思うよ。特にここは五百人近いオッチェン（男子の意）の吹き溜まりで、女性は賄《まかな》いのバッチェン（おばさん）くらいだし、見目麗《うるわ》しい子は崇拝《すうはい》されがちなんだ。想いを詩にするとか短歌を詠《よ》むとか風流な方向にいけばいいけど、実力行使に出る奴もいるかもしれないから、腕力に自信がないなら、枕元にバットとか分厚い辞書とか置いて寝るといいよ。一応本人の意に反する暴力的行為は禁じられてるから、もし夜這い相手に口で断ってもやめないときは、武器で反撃して貞操を守るんだよ」

「……は、はぁ」

煌学用語混じりで下世話なアドバイスをされ、これは冗談なのか本気の忠告なのか、どっちなんだろう、と捷は内心戸惑う。

中学の友達は揃って奥手で、恋愛話や猥談《わいだん》などしたことがなかったし、容姿についても面と向かって賛美されたこともなく、荊木にそんな忠告をされても自分には無縁のこととしか思えなかった。

南寮の入口まで来ると、荊木は下駄箱を示し、

「中は土足禁だから、脱いで上がって。廊下の両側に部屋があって、五号室は左側の三つ目の部屋だよ。新入生が全員揃ったら講堂で入寮式があるから、それまで同室の三人と自己紹介したり、荷物片付けたりしながら待ってるといいよ。五号室のメンバーはみんな先に来てるから」

じゃあまたあとで、と戻っていく荊木に「ありがとうございました」と頭を下げて見送る。

靴を脱いで上がり口に立ち、どんな人たちと同室なんだろう、とそわそわしながら板張りの廊下を進む。

各部屋は廊下側にも硝子《ガラス》窓がついており、さりげなく中を覗くと、八畳ほどの和室に机が四つ置かれ、新入生たちが机に据《す》え付けの本棚に本や教科書を並べたりしているのが見える。歩くたびにすこし軋《きし》む廊下を部屋番号を確かめながら進み、五号室の前についた。

捷は小さく深呼吸してからノックをし、

「五号室の鞍掛です」

入ります、と声をかけてドアを開けると、中には対照的な印象のふたりの人間がいた。ひとりは小柄で雛人形《ひなにんぎょう》の雌雛《めびな》を思わせる目を瞠《みは》るような美少年で、さっき荊木が言っていた学年一のシャンという『筈見くん』はこの子だ、とすぐにわかった。

もうひとりは立てば六尺を超えそうながっちりした上背《うわぜい》の大男で、年は二十代半《なか》ばほどに見えた。

高校の入試は倍率が高く、何浪もして受かった者や、他校に通っていて成績不振や諸事情で放校になり、再受験して入学してくる者などは二十歳を超えていることもある。

一方、中学四年の飛び級で合格した秀才は十五歳で入ってくるので、新入生の年齢にはばらつきがあった。

先に部屋にいた体格も年齢も差のあるふたりは、捷が入ると、並んで一緒に眺めていた本から同時に顔を上げた。

初対面の緊張感でドキドキしながら会釈《えしゃく》すると、美少年がはにかむような微笑を浮かべた。

「こんにちは、初めまして。僕は文科丙《へい》類（第一外国語が仏蘭西《フランス》語）の筈見伊鞠《いまり》です。十五歳です。お見知りおきを」

ややおっとりした口調も、品よく正座した姿も、高級な和菓子屋の花の練《ね》り切《き》りみたいな可愛らしさで、思わず掌《てのひら》に乗せてじっくり眺めたくなる。

捷は入口の脇にトランクを置き、帽子を取ってふたりに頭を下げた。

「初めまして。文科甲類、鞍掛捷です。どうぞよろしく」

今度は大男のほうが、

「こちらこそよろしく。理科乙類、栃折逸郎《とちおりいつろう》です。一度就職してから受験したから、二十五歳なんだけど、のけ者にせず若人《わこうど》の仲間に入れてください」

と社会人経験もある年上なのに偉ぶる様子もなく茶目な笑みを浮かべ、目尻に人好きのする笑い皺《じわ》を作る。

まだ挨拶を交わしただけだが、ふたりとも人柄が穏やかそうで、捷はホッと胸を撫で下ろす。一緒に暮らしてみないとわからないが、とりあえず第一印象はふたりとも感じがよく、うまくやっていけそうな気がする。

捷はマントを脱いで軽く畳《たた》み、トランクに載せてから、ふたりのそばに寄った。

隣に座り、なんの本を見ていたのか訊ねると、伊鞠がほんのり瞳に憂《うれ》いを浮かべた。

「……僕の家族のアルバムです。さっきお母様とじいやと別れたら、急に淋しくなってしまって……」

「あ、へえ……」

分厚いアルバム持参で、堂々とホームシックを口にする率直さに軽く驚く。

でもまだ十五歳だし、家に「じいや」がいるようなお坊ちゃまみたいだし、しょうがないか、と捷は心の中で兄貴風を吹かせる。

自分も一枚くらい写真を持ってきても全然大丈夫だったな、と思いながら、豪華な装丁のアルバムを見せてもらうと、伊鞠が広尾《ひろお》の豪邸に住む相当な資産家の令息《れいそく》だと判明した。

「うわぁ、すごいね。筈見くんの家って、こぢんまりした帝国ホテルみたいだね。このドレス着てる綺麗な人はお母さん？」

「いえ、おばあ様です。こちらがお父様とお母様、上のお兄様とお姉様、下のお兄様とお姉様、おじい様とジークフリートです」

犬まで紹介され、捷と栃折は「ふわぁ」とぽっかり口を開けて別世界の上流家庭を垣間《かいま》見せてもらう。

今朝までこんな家に住んでいて、きっとみんなに可愛がられまくっていただろうに、急に天燈寮の質素な八畳間に押し込められたら、そりゃあ速攻でホームシックにもなるだろう、と納得できた。

もし夜中に淋しくて泣いたりしたら、今夜くらいはよしよしと慰めてあげよう、とひそかに

思いながら、

「ねえ、筈見くんのお父上はなんのお仕事をされてるの？」

と、こんなブルジョアな知り合いは初めてなので、つい好奇心に駆られる。

名のある銀行の頭取《とうどり》だと聞き、

「そうなんだ。じゃあ筈見くんも将来は銀行家に？」

と問うと、伊鞠は微笑して首を振った。

「いえ、僕は末っ子なので、好きにしていいと言われていて、……外交官になりたいと思っています」

「へえ……」

意外、という感想を捷は辛《かろ》うじて飲み込む。

こんな小さくて可憐《かれん》な風情《ふぜい》で外交官になれるんだろうか。でもこれから帝大卒業までの六年のうちに立派に育つかもしれないし、飛び級合格する頭脳もあるし、押し出しは強くないけど上品で美貌だし、つい言うことを聞きたくなるような庇護欲《ひごよく》をそそる雰囲気を醸《かも》してるから、意外と向いてたりして、などと分析してみる。

「そっか。でもいいな、将来の目標がちゃんと決まってて。僕はまだはっきりしてなくて。この三年で見つけられたらいいなと思ってるんだけど」

正直に打ち明け、捷は栃折に目を向ける。

「栃折さんももう将来の目標は決まってるんですか？」

と訊ねると、「うん」とはっきり首肯《しゅこう》される。

「元々医者になりたかったんだけど、中学のときに父が亡くなって、母と弟妹を養わなきゃいけなかったから、小学校の代用教員になったんだ。そのうち母が再婚して、もう大黒柱じゃなくてもよくなったから、もう一回自分の夢に挑戦しようと思って、夜は道路工事の仕事も掛け持ちして学資を貯めて受験したんだ。そしたら入試でまさかの首席だったらしくて、奨学金をもらえることになったんだ」

「わぁ、すごいじゃないですか！」

二十五まで親の脛《すね》をかじって浪人しまくっていたわけではなく、家族のために働いて、諦めずに勉強を続けて首席合格した努力の人だと聞き、その根性に打たれる。

「尊敬します、栃折さんのこと」

心から伝えると、伊鞠も黒目がちの瞳をキラキラさせて頷く。

「本当に。勉強だけしていればいい現役学生と違って、働きながらの受験勉強はとても大変だったと思うのに、首席だなんて、かっこよすぎです。苦労が報《むく》われてよかったですね」

ふたりで絶賛すると、栃折は「いやいや」と手を振り、

「まだ出発点に立てただけで、これから頑張らなきゃいけないのに、もうおっさんだから覚える端から忘れちゃうんだよ。だから、そんな風に言ってくれて嬉しいけど、誉め言葉は無事医

学部に行けたら聞かせてくれないかな」

と照れ笑いする。

そんな老《ふ》け込《こ》んだようなことを言いつつ、きっとまた人の何倍も努力して、患者思いのいい医者になるんじゃないかな、と捷は思う。

苦労人の首席と、飛び級合格のふたりと同室になったからには、自分も見習って頑張らなくては、と思ったとき、捷はふと同室者の頭数が足りないことを思い出した。

「あの、もうひとりはどうしたんですか？　四人いるはずですよね、この部屋」

さっき入室時に（あれ、ふたり？）と思ったが、話をしているうちに聞きそびれてしまった。

栃折が廊下側の窓を振り返り、

「そういや、領家《りょうけ》くん、『ちょっと一服してくる』って出ていってから、しばらく経《た》つな。散歩でもしてるのかな」

と呟いた。

「領家」という人はもう煙草を吸うのか、と捷はひそかに驚く。

父には喫煙の習慣がなく、捷も遊びでも試したことがないので、『一服しにいく』という吸い慣れた感じが随分大人びているように思えた。

もしかしてちょっと不良っぽい人なのかな、それとも栃折さんくらい年上の同級生なのかも、などと考えていたとき、廊下から足音が近づいて、ノックのあとにドアが開いた。

「あ、領家くん、おかえりなさい」

伊鞠がおっとりと声をかける。

捷は三人目の同室者に挨拶しようとサッと立ち上がった。

仄《ほの》かに煙の残り香を纏《まと》わせて入ってきた相手は、年頃はそう変わらない少年で、特に不良っぽくはなく、捷よりすこし背が高かった。

きっと相手も門のところで先輩たちに騒がれたのではないかと思われる美しい容貌《ようぼう》をしていたが、捷と違って「女顔」とは言われない類《たぐい》の、キリッとした目元の美男子だった。

初顔合わせなので自己紹介も兼ねて、

「領家くん、初めまして。文甲の鞍掛捷です。僕の父は言語学者で、高女《こうじょ》で古文を教えています。父が煌星の出身なので、僕も憧れて入りました。妹がひとりいて、趣味は映画を観ることです。一年間、仲良くしてもらえたら嬉しいです」

最初が肝心《かんじん》だからと親しみを込めた笑顔で挨拶する。

相手はしばし黙ってじっと捷を見つめたのち、ぼそりと言った。

「……女子寮かよ」

「……え？」

険《けん》のある声で呟かれ、一瞬なにを言われたのかわからなかった。

きょとんとして聞き返すと、相手はにこりともせず続けた。

「たまたま同室になっただけの赤の他人と、仲良しごっこする必要性を感じてない」

「……」

平板な声で言い捨てられ、ぽかんとするしかなかった。

直訳すると『おまえと友達になる気はない』と宣言されたに等しく、咄嗟《とっさ》に反応もできずに立ち尽くす捷の脇を通り、相手は端の机の椅子を引く。

ポケットから取り出したレクラム文庫を読みだす背中を、捷は戸惑いを隠せずに目で追う。

……なんだ、いまのは。

明らかに初対面で喧嘩売られたよな。

なんなんだ、こいつ。

なんで普通に挨拶しただけなのに、こんな不愉快な態度を取られなきゃいけないんだよ。

一年間一緒に暮らす仲間と親しくなりたいって、普通だろ。だからそう言っただけなのに「女子寮かよ」なんて、どうして言われなきゃいけないんだよ。

こんな失礼で、可愛げがなくて、礼儀知らずな奴、見たことない。

「たまたま同室になっただけの赤の他人」って、そりゃこっちの台詞《セリフ》で、こっちだって、頼まれたっておまえみたいないけすかない奴とつるむ気なんかねえよ、って速攻で言い返せばよかった。

今頃喧嘩を買おうとしても遅きに失《しっ》し、なにも反撃できないうちに入寮式が始まるという伝達が来てしまう。

講堂に集められ、式が始まってからも捷の胸の燻《くすぶ》りはおさまらなかった。

「新入生諸君、本日より諸君を紳士として遇《ぐう》する。本寮は自治自勉《じちじべん》、自重自敬《じちょうじけい》を旨《むね》とする。自由と情熱を貴《たっと》び、卑劣を憎め。天燈寮での日々が、諸君の輝ける未来の中でも、天を燈《とも》す星のごとく煌《きら》めくものになることを心から望む」

という全寮総代《そうだい》の演説も、普段の捷なら感激したはずなのに、ぶすぶすもやもやしていたせいでほぼ耳を通り抜けた。

入寮式が終わり、食堂で開かれる歓迎夕食会に向かうとき、移動する黒い詰襟の集団の中にひと際背の高い栃折の頭を発見し、捷は走って追いかけた。

追いつくと、隣にちんまり伊鞠もおり、ちょうどよかった、と捷はふたりに身を寄せて声を潜《ひそ》めた。

「あの、ちょっと聞きたいんですけど、あの領家って人、ふたりにもあんな憎たらしい態度だったんですか？」

部屋に本人がいる前では聞けないので、式の間じゅう我慢していた疑問をぶつけると、栃折と伊鞠が目を見交わした。

「……んー、そんなことはなかったけど。俺たちには『文乙の領家草介《そうすけ》です』って普通に挨拶してた。ちょっと話したら、すぐ煙草吸ってくるって出て行っちゃったから、無口な質《たち》なのかなって思ってたら、君に結構きついこと言うから、びっくりした」

栃折の言葉に頷いて、伊鞠が取り成すように付け足した。

「僕は彼とは一度面識があって、領家くんのお父様は実業家で貴族院議員もされていて、以前ご自宅の園遊会に家族で招かれたことがあるんです。その時も物静かだった印象があるので、もしかしたら、すこし口下手《くちべた》な質《たち》なのかもしれません」

「……ふうん」

あれは口下手で済ませていい態度だろうか。

無口とか物静かとか、ふたりは無難な言い方してるけど、ただの無愛想で暗い奴じゃないか。でも、ふたりには別に刺々《とげとげ》しくはなかったみたいなのに、なんで僕には険悪な態度だったんだよ、と腑《ふ》に落ちないし、癪《しゃく》に障《さわ》る。

……父親が政治家だかなんだか知らないけど、ブルジョアだからって、友好的に挨拶した庶民をコケにする権利なんかないじゃないか。下々《しもじも》と学友になる気がないなら、皇族の通う学校にでも行けばいいだろ。

捷は唇を噛み、

「……こっちがなんか怒らせるようなことしたんだったらわかるけど、なんであんな……いきなり『友達になる気はない』とか『女子寮か』なんて言われて、すごい腹立つ」

悔しくて、ぶちっとそばの植え込みの葉っぱを引きちぎると、伊鞠が遠慮がちに言った。

「あの、『友達になる気はない』とは言っていないのでは……それに近いことは言ってましたけど、口下手だからかも……『女子寮』というのも、もしかして鞍掛くんがすごく綺麗だから、ちょっと冗談のつもりで『女子』ってからかおうとしたら、うっかり突っかかるような言い方になってしまったとか……」

「……はぁ？」

ブルジョア同士の連帯感なのか、おっとりと庇《かば》うようなことを言われ、捷は顔を歪《ゆが》める。

「あれが冗談だとしたら、最悪に冗談の趣味悪すぎるし、君のほうがよっぽど美少女みたいに可愛いじゃないか。荊木先輩も君のこと、『新入生の中で群を抜くシャン』って言ってたし、肌も真っ白でつるつるで声変わりだってまだみたいだし」

つい怒りの矛先《ほこさき》を伊鞠に向けると、

「鞍掛くんだって髭も生《は》えてないじゃないですか。僕、鞍掛くんが部屋に入ってきたとき、すごく綺麗だったから、思わずぽうっと見惚れてしまいそうになったし」

とやんわりと言い返してくる。

「なに言ってんの。僕だって君のこと最初に見たとき『わあ、お雛さまか、上品な練り切り菓子みたいにものすごく可愛い』って思ったし。僕は甘い物が大好きだから、これは最高級の賛辞だから。とにかく絶対君のほうが女子っぽいよ」

ね、そう思いませんか？　と栃折に同意を求めると、

「どっちも顔だけ見たら女子みたいだよ。なんで君らまで揉《も》めてるんだよ」

と方向性のずれた言い合いを窘《たしな》められる。

食堂への上がり口で靴を脱ぎながら栃折が捷に言った。

「まあ、あんまり気にするな。あっちもなんか虫の居所が悪かっただけかもしれないし、深い理由もなく失言しただけかも。もうちょっと様子を見て、もしまた君に絡《から》んだりするようだったら、俺からも注意してやるから」

年の功でなだめられ、捷は「……わかりました」と頷く。

自分としても、こんな初日から同室者と仲違《なかたが》いなんて本当はしたくない。

ただの失言で済ますには棘《とげ》がありすぎた気がするが、本当に虫の居所が悪かっただけで、これからは態度を改めるというなら、いつまでも怒らずにいてやる。

相手が特権階級に属する人種でも、同じ試験に受かって入学した以上立場は同等だし、不当な侮辱《ぶじょく》は許さないが、向こうに歩み寄る気があるなら、こっちも歩み寄ってもいい。

馬には乗ってみよ、人には添うてみよ、と言うし、初対面が死ぬほど感じ悪くても、まだ絶対ダメと決めつけるのは早すぎるし、と前向きに考えようとしたその晩、やっぱりこいつとは全然馬が合わない、と捷は確信を深めることになった。

＊＊＊＊＊

ホワイトシチューと鶏の照り焼きとバターつきコッペパンとミカン寒《かん》が供《きょう》された歓迎夕食会のあと、寮総務委員長から寮則の説明があった。

学校の始業は八時からで、朝食は朝六時から、昼食は十二時から、夕食は十八時からの二時間の間に摂《と》り、食堂へは制服か袴《はかま》着用の紳士マナーがある。

入浴は夜九時まで、消灯が十一時、門限は十時と一応決まっているが、門限破りも外泊も、食堂に止食《とめしょく》届けを出し、無傷で静かに帰ってくれば別段咎《とが》められることはないという。

建前上、禁酒禁煙だが、基本的に他人に迷惑をかけず、寮の建物や備品を破損せず、火の用心にさえ気を付ければ問題なく、各自の良識に基づく自由裁量《さいりょう》に任されている。

ここは軍隊みたいに規律の厳しい窮屈な場所じゃなくて、生徒を信頼して大人扱いしてくれるところみたいだな、と思いながら、捷《しょう》は五号室に戻ってくる。

領家《りょうけ》と顔を合わせると思うと、気が重くなってくる。

迂闊《うかつ》に近寄るとまた棘《とげ》を刺されるかもしれないから、もう用がなければこっちからは話しかけないけど、さっきみたいにこっちになにも落ち度がなくても向こうから突然攻撃してくる怖れもある。

来るなら来いや、今度喧嘩売られたら絶対買ってやるからな、と臨戦態勢で身構えていると、部屋に戻ってきた領家は捷などそこに居ないかのように無視して本を読み始めた。

あれ、と若干《じゃっかん》肩すかしだったが、喧嘩をふっかけられるよりマシかも、と思い直し、見ないフリで様子を窺っていると、領家は捷だけでなく、栃折《とちおり》や伊鞠《いまり》に対しても見えない壁を築き、三人の会話の輪に入ろうとはしなかった。

伊鞠が「領家くん、僕たちと一緒にお風呂に行きませんか」と誘っても、「あとでひとりで行くから」と文庫本から目を離さず、栃折が「寝る場所をみんなでじゃんけんで決めないか」と声をかけても、「三人が決めたあとの余った場所でいいです」とにべもない。

これは人見知りというより、人嫌いなんじゃないか、と捷は相手の様子を窺いながら思う。

とりあえず、自分にだけ特別ひどいわけではなく、みんなにひどいので、やや尖《とが》る気持ちが落ち着いてきて客観的に分析できるようになる。

中学の級友にも内気だったり、人と気安く馴染むのが不得手《ふえて》な子はいたが、その子たちには一応人と親しみたい気持ちがあったのに、ここまで他人と打ち解ける気がない奴は初めて見た。

こいつは友達なんかいなくても平気なんだろうか。

自分は高校に知識だけでなく、いい友人との出会いも求めてきたけど、誰もが学友との友情を欲しているわけではないのかも。

四人部屋だから、別にこいつと話さなくても栃折や伊鞠がいるから支障はないし、学校の組も違うし、ひとりでいるのが好きな協調性のない一匹狼には無理に近づかないほうがお互いのためなのかもしれない。

勝手に決められた部屋割りでも、縁があって同室になったんだから、できればみんなと親しくなりたかったけど、相手にその気がないならしょうがない、と捷は悟《さと》りを開く。

消灯時間が近づき、三人でどこで寝たいか話し合い、入口から見て左端に捷、その隣に伊鞠、その横が栃折、右端が領家という配置に決まる。

入寮前日までに送ることになっていた各自の布団を押し入れから出して四つ並べて敷き、自分の布団の上で寝間着に着替える。

鴨居《かもい》に詰襟《つめえり》のハンガーを掛け、ズボンの折り目を整えて敷布団の下に敷いてから布団にもぐる。

「筈見《はずみ》くんの布団、さすが豪華だね」

江戸城で将軍様が寝ていたのはこんな布団じゃあるまいかと思うような、目にも綾《あや》な吉祥《きっしょう》文様の刺繍《ししゅう》の施《ほどこ》された分厚《ぶあつ》い布団に感心すると、伊鞠は寝間着の浴衣《ゆかた》に着替えながら言った。

「お母様が同室の方のものと間違えにくいようにと注文してくれたんですが、すこし派手でしたね」

「うん、すこしじゃないけどね。絶対間違えないから大丈夫だよ」

笑って返すと、舎監室の前にある大太鼓《おおだいこ》がドンと鳴らされ、消灯が告げられる。

ちなみに食事ができたという合図も太鼓で知らされ、火事などの非常時には連打されると説明会で言っていた。

明日は入学式があり、午後から最初の授業も始まるので、夜更かしせず寝ようということになり、

「じゃあ、消すぞ。おやすみ」

と栃折が電燈を消した。

消灯後も廊下の電球だけは一晩中点《とも》っており、硝子越しに橙色《だいだいいろ》の薄明かりが漏れてくる。

捷は伊鞠にそっと近づいて、

「筈見くん、もし夜中に怖かったり淋しくなったりしたら、僕の布団に入ってきてもいいよ。あともし厠《かわや》に行きたくなったら、僕を起こしてくれてもいいし、こっそり窓から外に立ちションしちゃってもいいみたいだよ」

それを「寮雨《りょうう》」って言うんだって、と小声で囁く。

さっき伊鞠と一緒に風呂に行ったとき、詰襟を脱いだ身体が本当に華奢《きゃしゃ》で幼げに見え、つい茜《あかね》に対するような過保護な気持ちになってしまう。

いまも豪華な布団だと自分が話題を振ったせいで、母親のことを思い出させてしまったかも、

と心配して過保護に声をかけると、

「ありがとうございます。鞍掛《くらかけ》くんは優しいですね。でも『寮雨』をするのは恥ずかしいので、ちゃんとひとりで厠に行きます」

と伊鞠が微苦笑した。

可憐なお坊ちゃまでも六つの妹よりはしっかりしており、兄貴分ぶってお節介《せっかい》しすぎたかも、と捷も照れ笑いする。

伊鞠はほどなく寝息を立てはじめ、薄闇の中ちらっと奥に目をやると、栃折も静かに布団の胸あたりを上下させており、領家は壁のほうを向いて横臥《おうが》している。

捷は小さく吐息をついて仰向《あおむ》けになる。

なんだか長い一日だったな、とあくびしながら思う。

緊張したり、驚いたり、むかついたり、悟ったり、いろいろあって精神的に疲れたので、枕が変わって寝つけないということはなさそうだった。

捷は目を閉じ、まもなく眠りに落ちた。

起きているのは月と野良猫だけという夜更け、誰もが寝静まった南寮に突然大太鼓が叩き鳴らされた。

ぐっすり眠っていた捷は、その大音量にハッと目を開け、「……え、何、火事⁉」と跳ね起きた。

同時に玄関からワーッと鬨《とき》の声が上がり、

「北寮一同、これより南寮新入生歓迎ストームを始める！」

と叫びながらドドドと足駄《あしだ》で廊下を駆け込んでくる音がする。

箒《ほうき》やバットでそこらじゅうを叩き、寮歌を放吟《ほうぎん》しながら部屋を急襲《きゅうしゅう》され、寝起きの新入生たちは度胆《どぎも》を抜かれ、身動きも取れずに餌食《えじき》になる。

バタンと開かれた五号室にも大勢の上級生がなだれ込んできて、捷たちは逃げる間もなく布団むしにされる。

「わっ、ちょ、ぎゃあぁぁーっ！」

悲鳴は何重にも被《かぶ》せられた布団の中でくぐもり、驚愕して縮《ちぢ》こまる背中の上から先輩たちに下駄履《げたば》きのまま踏みつけられる。

「友よ、よしなしごとを嘆《なげ》くいとまだにあらば、高欄《こうらん》によりて青春の一刻、しばし愁《うれ》いを捨てよかしっ。アインス、ツバイ、ドライ！」

格調ありげな序詞《じょし》のあとに寮歌を歌いながら布団の上で何人もで飛び跳ねられる。

思いもよらない暴虐《ぼうぎゃく》に、（痛い、やめてくれッ！　潰れるッ、死ぬーッ！）と叫びたくても「ぐえぇっ」と呻《うめ》くことしかできず、なすすべもなく窒息と圧迫から解放されるのを待つしかない。

捷の上にのしかかっていた先輩たちは寮歌を歌い終わり、ようやくどいてくれた。

いでる。

五号室から別の部屋に襲撃をかけに先輩たちが出て行き、捷はぜいぜいしながら布団から這いでる。

部屋はぐちゃぐちゃで、布団も畳も足駄の泥跡だらけで、捷たちもボロボロだった。父の頃もストームをして親交を深めたと言っていたが、人生について問答《もんどう》する説教ストームで、こんな乱暴狼藉《ろうぜき》をしたなんて聞いてなかったのに、とよろめきながら身を起こす。

「……みんな、大丈夫か……」

栃折の放心気味の声に「……い、一応は」と捷も息も絶え絶えに返す。

まだ廊下から壁や床をドカドカ叩く音や先輩たちの高笑いや、新入生の悲鳴が聞こえてくる。

「……土足厳禁で建物を壊さず、人に迷惑をかけないというルールはどこに……」

踏みつけられて、あちこち痣《あざ》だらけになっていそうな身体をさすりながらぼやき、捷は隣の伊鞠の安否を確かめる。

「筈見くん、大丈夫だった？　怪我してない？　あーあ、将軍布団も台無しに……」

こんもりした布団をめくって覗くと、中に伊鞠の姿がなかった。

「あれっ？」と慌てて大きく掛け布団を剝《は》いで奥まで確かめる。

やはり本人は潜《もぐ》っておらず、

「筈見くん？　どっかに隠れてるの？　もう先輩たち、行ったよ」

と机の下の暗がりに向かって声をかける。

だが返事は返ってこず、捷は急いで立ち上がり、電燈の紐《ひも》を引いた。

灯《あか》りの下で確かめても、机の下にも押し入れの中にも窓の外にもどこにも伊鞠はいなかった。

「……どこに消えちゃったんだろう、筈見くん」

「……あの騒ぎにびっくりして、厠にでも逃げこんだのかな」

捷と栃折が眉を寄せて廊下を窺ったとき、ずっと無言だった領家が口を開いた。

「……さっき先輩たちが入ってきたときに、誰かに担《かつ》がれてどっかに連れてかれてた」

「え、見たのか？」

聞き返した栃折に領家は「ちらっと」と無表情に頷く。

捷は非難を込めて領家を睨んだ。

「……なんで見てたのに止めないんだよ」

あの状況で人を助ける余裕などないのは自分でもわかっていたが、昼から燻《くすぶ》る反感で抑《おさ》えがきかず、咎めずにはいられなかった。

「筈見くん、学年一のシャンなんだから、先輩たちにさらわれて、もし変なことされてたらどうするんだよ……！」

領家は冷ややかに捷を一瞥《いちべつ》した。

「俺に言われても困る。そんなこと俺の知ったことじゃない。……そんなにあいつが心配なら紐で繋いどけよ」

「……！」

知ったことじゃないって、同室者なのに、そんな言い方冷たすぎるだろ、と捷が言い返そうとしたとき、廊下の奥からガランゴロンと足駄を鳴らして北寮の先輩たちが帰還する気配がした。

捷たちは口を噤《つぐ》んで急いで電燈を消し、寮歌と足音が遠ざかるのを待つ。

下駄の音がすべて玄関を出ていくと、栃折が立ち上がった。

「俺、あの子を探してくる。ふたりは先に寝てていいぞ」

「いや、僕も行きます」

捷も急いで立ち上がり、栃折のあとに続いて廊下に出たとき、髪も浴衣もよれよれになった伊鞠が戻ってきた。

「筈見くん！」

急いで五号室に引き入れ、

「……だ、大丈夫？　どうしたの、なにがあった？　先輩たちに、なんかひどいことされちゃった……？」

昼間荊木《いばらき》から「夜這《よば》い」や「実力行使」など不穏な忠告をされたが、まさか本当に入寮当日にそんなことが……と青ざめながら問う。

伊鞠はぺたりとへたりこんで、

「……こ、怖かった……」

と瞳を潤《うる》ませた。

よほどの目に遭わされたんだろうか、と捷は震えあがる。

おずおず手を伸ばして伊鞠の乱れた髪を手櫛《てぐし》で直しながら、

「……ご、ごめんね、助けてあげられなくて……僕たちも先輩たちに踏んづけられてて、身動きが取れなくて……」

と懸命に詫《わ》びる。

栃折は痛ましげに伊鞠のはだけた浴衣の襟元《えりもと》を掻《か》き合《あ》わせ、

「言いにくいかもしれないが……その、尻に何か入れられて、痛い思いをさせられたのか……？」

と妙に具体的に訊ねる。

尻？　と意味がわからず捷が眉を寄せると、伊鞠も小首を傾《かし》げて、

「……いえ、そんなことはされませんでしたが……ボイラー室のようなところに担ぎ込まれて、十人くらいの先輩たちに囲まれて……」

と震えながらしゃくりあげた。

「ボ、ボイラー室に十人……？」

とんでもない状況に捷は鳥肌を立てる。

不憫《ふびん》でもらい泣きしそうになりながら「……そ、それで……？」と続きを問うと、

「……えっと、『我々は君の美貌にひと目でリーべった。是非《ぜひ》キュッセンを許してくれたまえ』と言われて……」

「？」

また煌学《こうがく》用語が解読できず、捷は目を瞬《しばたた》く。

栃折が「『リーベ』は恋や愛のことだから、『リーべる』は『恋する』ってことかな」と呟き、なるほど、と頷くと、伊鞠は手の甲で唇を擦《こす》るように拭《ぬぐ》い、

「なにがなんだかよくわからないうちに、次々みんなに抱擁《ほうよう》されて、接吻《せっぷん》されて、あちこち触られたり、髪の毛を引っこ抜かれたりしました……」

と涙ぐみながら言った。

「……ええっ、せ、接吻を……!?」

捷は衝撃に目を見開く。

いくら奥手でも、『接吻』が相愛の者同士が唇を合わせる愛の行為だという知識はあり、いつか自分がするときは、きっと嬉し恥ずかしの胸がときめく素敵な体験になるだろうと想像していた。

それなのに伊鞠は十人の好きでもない先輩たちに強引に唇を奪われ、貴重な初めての接吻の機会を汚《けが》されたなんて不憫でならない。

が、ほんのすこしだけ、相手はともかく本物の接吻を経験したなんてすごい、という羨望《せんぼう》も覚えてしまう。

すごく可哀想だったけど、ちょっとどんな感触なのか聞きたい、などと言えずにいると、領家が言った。

「そんなことくらいなら、別に大騒ぎするほどのことじゃないだろ」

済んだことはさっさと忘れて寝ろ、と邪険《じゃけん》に言い放って布団にもぐる領家に、捷は「おい」ときつい声を出す。

「『そんなことくらい』って、たいしたことじゃないみたいな言い方するなよ。筈見くんは無理矢理接吻されちゃったんだぞ。すごく怖くて嫌な思いしたに決まってるのに」

おまえはブルジョアの隠れ不良で、接吻くらい屁《へ》でもないのかもしれないけど、普通は野郎どもによってたかって接吻されたら平気でいられるわけないのに、と非難を込めて咎めると、領家はむくりと起き上がって捷に醒《さ》めた視線を向けた。

「嫌なら自力で逃げればよかっただろ。黙って意のままにされる以外にも方法はあったはずだ。泣き落とすとか嚙みつくとか暴れまわるとか、じゃんけんや腕相撲で勝利した一人だけにやってやるとか言って、戦わせてる隙に逃げるとか。力と数で敵《かな》わないなら、知恵を働かせなきゃ、ただ泣かされるだけだ。誰の助けも期待できなければ、自分の力でなんとかするしかないだろ」

「……それは、そうだけど」

正論かもしれないが、強者の論理という気がした。

突然上級生に連れ去られて囲まれたら仰天《ぎょうてん》するばかりで、機転を利かせて逃げおおせるなんて、自分だってできるかどうかわからない。

窮地に立たされたとき、なにもできずにひどい目に遭っても、負け犬には吠《ほ》える権利もないと言わんばかりの領家の主張は弱者への思いやりがなさすぎると思った。

自分は絶対弱者の側に立たないから、そんな強気なことが言えるんだろうけど、みんながそうできるわけじゃないのに、とまた反感が募《つの》る。

そのとき、「領家くん」と伊鞠が正座をした膝の上でぎゅっと拳を握りしめながら言った。

ブルジョア同士でも、今度は亀裂《きれつ》が生じたかと思ったら、

「……領家くんの言う通りです。僕は先輩たちになんの抵抗もできず、勇気も知恵も足りませんでした。でももう同じ轍《てつ》は踏みません。これからは勇気と知恵を振り絞って反撃します。貴重なご助言《じょげん》をありがとうございました」

と頭を下げた。

伊鞠の口調はおっとりしたものからやや毅然《きぜん》としたものに変わっており、すっくと立ち上がると、ずるずる布団を引きずって押し入れを開けた。

「みなさん、今日から僕は押し入れで寝させていただきます。もし次に先輩たちの襲撃があったら、奇声を上げて大暴れするので、ご了承ください。あと明日から僕は空手部に入り、身体

を鍛《きた》えるつもりです。では、おやすみなさい」

と宣言し、押し入れに布団を押し込み、本人も中に入って戸を閉めた。

「う、うん……おやすみ」

捷は初対面と雰囲気の変わった伊鞠に襖《ふすま》ごしに声をかける。

伊鞠はこの短時間でやや逞《たくま》しくなったようだった。

領家のことはどこまでも気に食わないが、あいつの言葉で伊鞠が発奮《はっぷん》して衝撃から立ち直ったみたいだから、まぁよかったのかな、と布団にもぐりながら思う。

天燈寮での一日目は、こんな風に幕を下ろしたのだった。

＊＊＊＊＊

「やあ、ヘル・ツッカー」

放課後、干していた布団を取り込んでから十四号室を訪ねると、勉強中だった荊木《いばらき》がにこやかに捷《しょう》を手招いた。

中に入ると、荊木と同室の妻鳥《めとり》が机の引き出しからゼリービーンズの瓶《びん》を取り出し、「ビッテ（どうぞ）」と差し出してくれる。

二年生は二人部屋なので、チューターの荊木を何度も訪ねるうち、妻鳥とも親しくなった。

「ダンケゼーア（どうもありがとうございます）、妻鳥先輩」

捷は笑顔で色とりどりのゼリービーンズの中から檸檬《レモン》色の一個を選んで口に入れる。

この部屋に来ると、家が輸入菓子の卸《おろし》業だという妻鳥がいろんなお菓子をお裾《すそ》分《わ》けしてくれるので、甘い物好きの捷にはたまらない。

大喜びで食べるので、独逸《ドイツ》語で「砂糖」を意味する「ツッカー」という仇名《あだな》を荊木につけられた。

英語のシュガーだと甘ったるそうだが、独逸語だと鋭角的な響きなので、同じ「砂糖」でもあまり気にならない。

幸せ顔でもぐもぐ食べていると、

「今日はどうしたの。またラーヘン君の偏屈《へんくつ》語録が増えた？」

と荊木に水を向けられ、捷は途端に目を据《す》わらせてぶうたれ顔になる。

ラーヘンは喫煙を意味する独逸語で、捷がひそかに領家《りょうけ》につけた仇名だった。

ほとんどの先輩たちが煙草を吸っているので珍しいことではないが、あいつに関してはやることなすことといちいち気に食わない。

入寮日からひと月半が過ぎていたが、領家は相変わらず周りと馴染まず、学校への行き帰りも、寮での食事も風呂もすべて一匹狼を貫《つらぬ》いている。

捷たちの級友や先輩たちが五号室にやってきて駄弁《だべ》っているときも、無視して読書を続けるか、ふいと出ていってしまう。

新入生歓迎ストームの一週間後に一年生からの返礼《へんれい》ストームが行われたが、領家は「くだらねえ」と露骨《ろこつ》に顔に書いて一切参加しなかった。

学校でも友達を作らず、興味のない授業は教授に一礼して堂々と出ていくらしい。

読書ばかりしてガリ勉しているようには見えないのに試験の出来はよく、廊下に張り出された成績が上位なのも感じ悪いことこの上ない。

誰にも等しく無関心で、人に嫌われることを怖れない傲岸不遜《ごうがんふそん》な態度なので、上級生に生意気だと絞《し》められても不思議はないのに、次期入閣《にゅうかく》を目《もく》される父親を持ち、学校への寄付金も莫大《ばくだい》らしく、治外法権で遠巻きにされている。

あれから伊鞠《いまり》が空手部に、栃折《とちおり》が柔道部に入ってしまい、放課後すぐに寮に戻ると領家とふたりになってしまうのが気づまりで、捷は図書室で勉強したり、荊木の部屋に寄ったりして伊鞠たちの部活が終わるまで帰らないようにしていた。

今日はいい天気だったので、母に時々布団を干せと言われていたことを思い出し、昼休みに寮に戻って部屋の前の生垣《いけがき》に布団を干した。ついでにみんなの分も干してやり、箒《ほうき》で室内を掃《は》いていたら、不意に背後から「……女中かよ」という小憎らしい呟きが聞こえた。キッと振り向いたときには相手は中に入らず出ていくところだった。

「……ちきしょう、あいつ、『女子寮』の次は『女中』呼ばわりしたんですよ。『下男《げなん》』ならまだしも『女中』ってひどくないですか？　なんであんなに可愛くないんだろ」

もし下男と言われても許せないが、『女中』はあんまりだ、と捷はイライラと親指の爪を噛む。

「それは失礼だね。そこは素直に『ありがとう』と言うべきだ、紳士なら」

「でしょう？　全然紳士じゃないんですよ、あのラーヘン野郎」

荊木がぽんと投げてくれたクッションを捷はボコッと殴る。

もう何度も領家の態度に苛《いら》つくたびにここで鬱憤《うっぷん》を晴らしているので、阿吽《あうん》の呼吸だった。

荊木はからかうような目をして言った。

「でも、ぶうぶう文句言いつつ、ちゃんと彼の分まで布団干してやるところがツッカーらしいね」

「……だって、僕はあいつと違って紳士だから、あいつのだけ干さないのも、心が狭いみたいで嫌だったし……でもさっきはすごい腹立ったから、取り込んだあいつの布団で思いっきりごろんごろんしてふかふか感を奪ってやりました」

みみっちい報復を打ち明けると、荊木と妻鳥がプッと噴く。

「ほんとに可愛いね、ツッカーは」

荊木に頭を撫でられ、捷は真顔で首を振る。

「そんなことありません。可愛いのは伊鞠です。すごい人気ですよ。僕、伊鞠に渡してくれって、もう何人にも手紙を託《たく》されたし」

直接本人に渡そうとしても誰の手紙も受け取らないので、同室の捷に頼んでくる伊鞠シンパが多い。伊鞠が嫌がるので頼まれても断るようにしているが、下駄箱や机に置かれていたり、伊鞠と接近したいがために空手部に入部する者が増えているという。

荊木は「まあ、あのダス・キント（中学四年で入った童顔な子につけられる仇名）はたしかに素敵だけど」と呟き、

「彼への手紙にかこつけて、ツッカーに話しかけたい奴もいるんじゃないかな。ツッカー宛のリーベンブリーフ（恋文）を誰かに渡されたりしてない？」

じっと探るように見つめられ、捷はきょとんとして首を振る。

「まさか。荊木先輩は初日から老婆心《ろうばしん》で変な忠告してくれたけど、全然そんなことないですよ。伊鞠は大変だけど、僕はまったく平穏無事です」

事実を伝えると、妻鳥がニヤリと怪しげな笑みを浮かべた。

「純真なるツッカーよ、物事には裏があると知りたまえ。君の平穏を守るために、実は誰かが

目を光らせてるのかもしれないよ？」

意味不明なことを言われ、「え、誰かって……？」と捷が問い返すと、荊木が咳払《せきばら》いして話題を変えた。

「ツッカー、今日はなにを貸そうか。ミルの『論理学大系』、ライプニッツの『単子論』、ブハーリンの『史的唯物論《してきゆいぶつろん》』でも読んでみる？」

「……え。えっと」

捷は口ごもる。

「……翻訳版ですか？」

「いや、原書」

当然のように言われ、捷は目を泳がせた。

邦訳でも理解不能に決まっているのに、原書を辞書と首っ引きで読んでもまるっきりちんぷんかんぷんだと読む前から断言できる。

まだ入学して一ヵ月半の捷には真似できないが、荊木だけでなく、先輩たちはみな授業で使う副読本《ふくどくほん》以外に哲学から戯曲《ぎきょく》まであらゆる分野の原書を読んでいる。

高校の語学の授業は週の時間数も飛びぬけて多く、留学経験のある教授にみっちりしごかれて怠《なま》けず鍛錬《たんれん》するうちにハイレベルな語学力が身につく。

先輩たちは消灯後も蠟燭《ろうそく》や廊下の灯りで読書を続けるらしく、同じように頑張って読みまくれば、自分も来年の今頃は先輩たちくらい読みこなせるようになるかもしれないと刺激を受ける。

捷は単子論や唯物論など一頁《ページ》目で寝そうな本より詩のほうがいいと、ワーズワースの詩集を借りて十四号室を辞した。

五号室に戻ると、部屋にはまだ誰も帰ってきていなかった。

伊鞠と栃折は部活で、領家は煙草を吸いながら周りの林を逍遥《しょうよう》しているに違いなかった。

特に知ろうとしなくても、面子《メンツ》の変わらない狭い世界なので、誰がどこで誰となにをしているか大体みんな知っており、異変もすぐに知れ渡る。

捷はワーズワースの詩集を自分の机に置き、きょろきょろ周囲を見回してから、さりげなく領家の机の本棚に近づいた。

領家は部屋に駄弁りにきた級友たちに「なにを読んでるの?」と訊かれても「別に」と可愛くない返事しかしないので、題も言えないような本を読んでいるのかよとこっそり確かめてやりたくなった。

「……ふうん、西田幾多郎《にしだきたろう》の『善の研究』か。こんなの読んでても全然善に関心ないじゃないか、あいつ」

自分は未読のくせに小声でいちゃもんをつける。

「ゲーテにカントにハイデッガーにデカルト……ほんとにこんなの読んでるのかな。読んでるフリしてるだけなんじゃないのか」

ぶつぶつ言いつつ、荊木の蔵書のような難解な本も領家なら自分よりまともに読めそうでムッとする。

「倉田百三《くらたひゃくぞう》『出家とその弟子』、『愛と認識との出発』、キルケゴール『死に至る病』、ショーペンハウエル『自殺について』、ヒルティ『幸福論』、レーニン『国家と革命』……なんだこれ、めちゃくちゃ乱読」

先輩たちが様々な主義主張の本を読むのは尊敬できるが、領家には小賢《こざか》しいとしか思えず、仏頂面で背表紙を眺めていると、片隅に『一握《いちあく》の砂』がひっそり置かれているのが目に留まる。

捷は啄木《たくぼく》の短歌が嫌いではないが、孤独で自我の強い感傷的な短歌にあいつが共感したりするんだろうか、と意外な気持ちで背表紙を見つめていると、

「……なにしてるんだ」

と不意に背後からぶっきらぼうに問われ、捷はぎくっと息を飲む。

心の中で（アッハ、シュメルツ！）と煌学生がしくじったときに使う常套句《じょうとうく》を叫び、咄嗟《とっさ》にポケットからハンカチを抜き取る。

「え、えっと、埃《ほこり》の除去を……埃はテーベー（結核）の原因になるって、母が……」

平静を装《よそお》って本棚の埃を払って誤魔化《ごまか》すと、領家は「ふうん」と愛想も素《そ》っ気《け》もなく呟いて着替えだす。

また「女中かよ」と言われるかと思ったが、その後は無反応だったので、捷はこそこそ自分の机に戻る。

びっくりした、と小さく吐息を零《こぼ》しながら、ちらっと相手を窺う。

普段一緒に風呂にも行かず、伊鞠たちがいれば視界にも入れないので、あまり目にしたことのない裸の背中が見えた。

なんとなくいつも態度が偉そうなので、勝手に栃折のように強靭《きょうじん》で屈強《くっきょう》な体軀《たいく》なのかと思っていたが、捷より筋肉はついているものの、思ったより少年らしい繊細《せんさい》な背中だった。

本人と対話が成り立たないので、読んでいるものなどからすこしは人となりがわかるかと思ったが、やっぱりよくわからなかった。

本当はどういう奴なんだろう。

見たまんまの冷淡偏屈野郎なのかもしれないが、もし硬い殻《から》の内側に別の一面があるなら、すこしだけそれを知りたいような気がした。

＊＊＊＊＊

半ドンの土曜日、捷《しょう》が下着や靴下を洗って窓から軒下《のきした》に干していると、ノックの音がした。

「鞍掛《くらかけ》くん、ちょっといいかい」

東寮に住む文甲の級長の芹澤《せりざわ》で、捷は中に招き入れる。

今日伊鞠《いまり》は広尾《ひろお》の実家へ帰省しており、栃折《とちおり》は柔道部の練習で、領家《りょうけ》は昼食に行き、五号室には捷ひとりだった。

大きな黒い本と文庫本を小脇に抱えて入ってきた芹澤は、捷の洗濯物にちらりと目をやり、さっと眼鏡を直しながら目を逸《そ》らす。

芹澤は医者の息子で、金持ちの寮生は洗濯物を自分で洗ったりせず、近くの農家のおばさんや洗濯屋に頼んだり、家から母親や使用人が取りに来たりするので、こんな堂々と窓辺に洗濯物を干してみっともないと思ったのかな、と内心焦《あせ》っていると、芹澤が伏し目がちに切り出した。

「……鞍掛くんて、よく下着を洗って干してるよね。僕の部屋からも見えるから、ちょっと気になって。いや、理由はわかってるから、言わなくていいよ。君もしょっちゅういやらしい夢を見て、下着を汚してしまうんだろう?」

「……は?」

まったく違う理由をさも同志のように言われ、捷はぽかんとする。

別にいやらしい夢なんて見ていないし、母にまめに着替えないと疥癬《かいせん》や田虫《たむし》になると脅《おど》されてるからだけど、と言う前に芹澤がずいっと共感を込めた眼差しで身を乗り出してくる。

「実は僕も、近頃そういうことがよくあって、チューターの築島《つきしま》先輩に相談したら、それは健康な男子として当たり前のことで、シュライベンをすれば夢を見て下着を汚すことは減るだろうと言われたんだ」

「……ふうん。シュライベンって『書く』っていう意味だよね？」

話の方向性が見えないまま相槌《あいづち》を打つと、芹澤はこくりと頷き、秘密を告げるように声を潜めた。

「マスターベイションの『マスをかく』の『かく』と、独逸《ドイツ》語の『書く』をかけて、自慰《じい》の隠《いん》語《ご》をシュライベンと言うそうだ」

「……え。じ、自慰……？」

なんとなく自分の性器を手で弄《いじ》ることらしいというのはわかるが、実際にしたことはなく、真面目な級長がなにを突然卑猥《ひわい》なことを、と捷はうろたえて頬を赤らめる。

芹澤は持参の文庫本をパラパラめくり、「ちょっとこのへんを読んでごらん」と指で示す。

モーパッサンの『女の一生』の翻訳本を差し出され、示された箇所《かしょ》に目を通すと、

『夫は妻の×をぐっと抱きしめた。乱暴に、まるで彼女の×××に餓《う》えているかのように。そ

して素早い××を、噛みつくような××、気違いじみた××を、顔じゅうに、胸もとに、ところ構わず押し付け、××の雨で相手を呆然とさせた』

とあり、捷は目を瞠《みは》ってさらに赤面する。

検閲《けんえつ》で初夜の描写が伏せ字になっており、余計淫靡《いんび》な妄想を掻《か》き立《た》てられる。

「せ、芹澤くん、これは……」

なんでこんな本を僕に……と動揺しながら問うと、

「シュライベンのときのネタにしろって築島先輩が譲ってくれたんだ。あとこっちは帰省したとき、父の書斎に隠してあったのを見つけてこっそり持ってきた」

と黒い革表紙の本を手渡される。

伏せ字より、かなり刺激的だからね、と囁かれて、つい怖いもの見たさと好奇心で表紙をめくってみると、外国人の男女の交合《こうごう》場面の写真が目に飛び込み、捷は焦ってバンと本を閉じる。

真っ赤になって口をはくはくさせる捷に、芹澤は「よくわかるよ」とでも言いたげな先輩面《づら》で頷く。

「君もたびたび下着を汚して、どうしたらいいのかわからず困ってたんだろう？　これからは自分で扱《しご》いて抜けばいいんだよって教えてあげたくて、ズリネタを貸してあげるために来たんだ。もう僕は目に焼き付けるほど見たから、しばらく君に貸してあげるよ」

親切な級長にいらぬ友情を押し付けられ、「え、いいよ、いらないよ」と捷は慌てる。

「遠慮するなよ。困ったときはお互い様さ」と芹澤は下手な目くばせをして立ち上がる。

「いや、待ってよ芹澤くんっ、僕困ってないし！　こんなの置いてかれるほうが困るから！」

急いで怪しい黒革の写真集と文庫本を返そうとドアから飛び出した瞬間、人にぶつかってしまった。

「あっ、ごめ……げっ！」

芹澤の背中ではなく領家の肩に顔が当たり、無表情に見おろされて焦って飛びのいたとき、手から本が滑《すべ》り落《お》ちた。

ぎょっと息を飲んで落下する本に手を伸ばすも叶わず、黒革の写真集はバタンと床に落ちて真ん中で開いてしまった。

ふたりの間に落ちた見開き頁には、裸の金髪女性が男性の性器を口に含む光景が写っていた。

「……？」

一瞬、これはどういう場面なんだ？　とよくわからず無言で眺めてしまい、ハッと我に返って慌てて本を拾いあげる。

相手になにか言われる前に急いで部屋に引っ張り込み、捷は首を高速で横に振った。

「……ち、違うから。これ、僕の本じゃないし、最初の頁といまの頁しか見てないからっ……。それにいつも変な夢見て下着汚してるわけじゃないし、毎日替えろって言われてるから洗ってるだけだし、シュライベンしたことないけど、しなくても平気だしっ……！」

一番見られたらまずい相手に目撃されてしまい、動顛《どうてん》しまくりながら必死に弁解する。

こんなものを好んで見ている奴と誤解されたら、今度はどんな暴言を浴びることかと怯みながら上目で窺うと、領家は素っ気なく言った。

「別になにも言ってないだろ。おまえが洋物の猥褻物《わいせつぶつ》を鑑賞しようが、卑猥《ひわい》な夢見て夢精しようが、俺には関係ないし」

相手が常に他人に無関心な男でよかった、と安堵した直後、

「いや、だから見てないってば、夢とか写真集とか！」

と否定したとき、栃折が柔道部の先輩たちと七輪《しちりん》や鍋を抱えてどやどや帰ってきた。

「ただいま。ちょっとここで牛鍋《ぎゅうなべ》してもいいか？　この部屋が寮で一番片付いてるから、ここがいいって先輩たちが言うんだよ」

「……あ、うん、いいよ、どうぞ」

捷が返事をする間に領家はさっさと自分の席に戻って読書を始めてしまい、猥褻本についての釈明ができなくなる。

顔見知りになった柔道部の惣郷《そうごう》先輩に「ツッカーにもうまい肉食わせてやるから待ってな」と言われたら、昼ご飯を食べたばかりなのに思わずゴクリと喉《のど》が鳴ってしまう。

本当は月曜の数学の単元試験の勉強のために週末の帰省をやめたのだが、牛鍋を食べたあとに勉強するから、と自分に言い訳して机に本を置き、七輪のそばに陣取《じんど》る。

大喰らいで『エッセン・デル・グローセ（食大王）』という仇名《あだな》を持つ惣郷が、食べっぷりを気に入られて賄《まかな》いのおばさんに余った肉や調味料をこっそり都合してもらえるので、捷たちもおこぼれに与《あずか》ることができる。

部屋中に美味《おい》しそうな香りが立ち込め、廊下にも漂ったらしく、寮に残っている者たちが匂いにつられて五号室に集まってくる。

八畳間にぎちぎちにひしめきあい、牛鍋は一口くらいずつしか口に入らなかったが、先輩たちが出射《いでい》で飲んだ帰りに、いつも身だしなみがいいことから『おフランス』という仇名の並河《なみかわ》教授が料亭から出てくるのを見かけて後をつけたら、酔って溝《みぞ》に落ちて普段完璧な髪型が濡れて生首みたいになっていた話など、次々笑える目撃談が飛び出す。

「ヘル・プロフェッソール並河の次の仇名は『落ち武者』か『河童《かっぱ》』だな」

という誰かの声に捷がプッと噴いて受けていたとき、「皆の衆！　とんでもないものを発見せり！」と誰かが叫んだ。

え、と振り返ると、黒革の猥褻本が先輩たちの手に渡り、「うはぁ！」と鼻息荒くみんなで凝視している。

マズい！　と引《ひ》き攣《つ》る捷の周りで黒革の写真集は次々閲覧《えつらん》され、興奮の雄叫《おたけ》びと床叩きが始まる。

初心《うぶ》で童貞の一年生が、

「こ、これは、外国のメッチェンだから、こんなことが可能なのでは……清純な大和撫子《やまとなでしこ》が足や口を開いて、男のあんなものを入れさせてくれるわけがないし……」

とおののくと、経験者の先輩が、

「そんなことはないッ。愛と情熱さえあれば、貞操《ていそう》堅固な大和撫子も陥落《かんらく》するッ」

と経験談を力説しだす。

すっかり猥談《わいだん》と性教育の場と化した五号室で、捷がひとり赤くなったり青くなったりおろおろしていたとき、

「しかぁし、こんなけしからん破廉恥《はれんち》な写真集を所持《しょじ》する不届き者は速《すみ》やかに名乗り出よッ！」

と惣郷がからかい顔で弾劾《だんがい》した。

捷はびくっと背を強張《こわば》らせる。

……ど、どうしよう……。

僕のものじゃないけど、親切で貸してくれた芹澤くんのものだと言うのも告げ口みたいで悪いし……、でもここで名乗り出ると絶対『エロ大王』とか変な仇名をつけられて、ひやかされるに決まってるし……と葛藤《かっとう》して言い出せずに俯《うつむ》いた捷の耳に、醒《さ》めた声が聞こえた。

「俺の本ですけど、なにか？」

「！」

捷は驚いて顔を上げる。

大盛り上がりの猥談祭りの最中でも我関せずと読書を続けていた領家が平然と告げたので、惣郷は「あ、君か」と気勢をそがれたように言った。

領家が猥褻本の所有者だと申し出ても誰もひやかさず、「さすが、すごいの持ってるね」と妙に一目置くような雰囲気になる。

再び無関心に読書に戻った相手を捷は戸惑いながら窺う。

なんであんな嘘ついてくれたんだろう。

……もしかして、助けてくれたのかな……。

でも、いつも無視か小馬鹿にしかしないのに、そんなことしてくれるわけないし、普段の行動パターンと違うことをされても、真意がわからなくて混乱する。

見かねて庇《かば》ってくれたのならありがとうと言いたいが、「別におまえのためじゃない。うるさくて集中できないから、早く静かにさせたかっただけだ」などと言われそうで、素直に言いにくい。

仕方なく心の中だけで礼を言うと、ちらっとこちらを見た領家と目が合った。

まさか聞こえたのかなと驚く捷を数瞬無表情に見つめ、領家はふいっと再び本に目を戻した。

やっぱり何がしたいのかよくわからない態度に困惑して、ただの気まぐれだったのかな、と思いつつも、冷たく整った相手の横顔から、なぜかしばらく目が逸《そ》らせなかった。

＊＊＊＊＊

空手部の練習場所の雨天体操場から五号室に帰ってくるなり、伊鞠《いまり》は眉間に皺《しわ》を寄せて、また待ち伏せしていた誰かに告白されたと捷《しょう》と栃折《とちおり》に訴えた。

「今日も？　みんな懲《こ》りないいね。いい加減、伊鞠がオッチェンとリーべる気ないってわかってくれればいいのに。全員振られてるんだからさ」

捷が西洋史の宿題をしていたノートから顔を上げて言うと、栃折が地学の予習をしながら言った。

「他の奴はダメでも自分なら、ってつい期待するんじゃないのか。男ってなかなか落ちない高《たか》嶺《ね》の花を自分が落とすっていうパターンに弱いから」

へえ、僕はリーべるなら、手強《てごわ》い人より、すぐ好意を示してくれる人のほうがいいけどな、と捷が言うと、伊鞠が制服から部屋着に着替えながら決然と言った。

「僕、この煩《わずら》わしい状況を打破するためにどうしたらいいか、荊木《いばらき》先輩に相談したんですけど、特定のリーベを作れば、もう告白も手紙も渡されなくなるのではとアドバイスされたので、リーベを作ることにします」

捷は目を瞠《みは》り、

「……でも、急に作るって言っても、誰かリーベになってくれそうな人、いるの？」

お坊ちゃまだし、上流社会のお嬢様の中に意中の相手がいるのかな、と思いながら問うと、伊鞠は首を振る。

「いえ、いません。下のお姉様のお友達の写真を見せて、架空のリーベだということにしようかとも思ったんですが、話だけでは信憑性《しんぴょうせい》に欠けて虫除《むしよ》け効果が薄いかもしれないので、身近にいる素敵なオッチェンと恋仲だというフリをしたら、みんな諦めてくれるのではないかと思いまして」

「え、オッチェンでいいの？」

驚いて聞き返すと、伊鞠は真顔でこくりと頷き、おもむろに栃折のそばに寄り、がばりと頭を下げた。

「栃折さん、お願いします。大変恐縮なんですが、同室のよしみで、僕のリーベになったフリをしていただけないでしょうか」

「え。素敵なオッチェンって、捷くんじゃなくて……？」

意表を突かれた顔で問い返す栃折に、伊鞠ははっきり頷く。

「捷くんも素敵ですが、栃折さんなら、もし僕のシンパが逆恨《さかうら》みで暴力に訴えてきても、自力でやっつけられると思うんです。捷くんは、失礼ですけど軟弱なので、嘘のリーべなのにボコボコにされたら申し訳ないですし、捷くんがひどい目に遭うと荊木先輩に怒られると思うので」

なるほど、と納得する栃折と、可愛い顔で『軟弱』とはっきり言った伊鞠に捷はカチンと来て頬を膨《ふく》らませる。

「『失礼ですけど』って前置きして、ほんとに失礼なこと言ったね。ふたりともひどいよ。そりゃ僕は空手も柔道もやってないけど、伊鞠のためなら、リーべのフリしてあげてもいいのにさ」

そのお気持ちだけありがたくいただきます、と伊鞠は捷に一礼し、栃折に言った。

「栃折さん、明日から誰かに告白されたら、栃折さんと恋仲だと言わせてもらってもいいですか？　あとたまに人目のあるところで、偽装のためにすこしいちゃいちゃしても構いませんか？」

「……あ、うん、いいけど」

苦笑気味に頷く栃折を見やり、伊鞠と人前でそんなことしたら、ほんとに闇討《やみう》ちされたりするのでは、とやや心配になる。

伊鞠は「ありがとうございます。頼りにさせていただきます」と栃折に笑みかけてから、捷と領家《りょうけ》を振り返った。

「捷くん、領家くん、恐れ入りますが、誰かに僕が本当に栃折さんとリーべったのかと訊かれたら、そうだと肯定《こうてい》してもらってもいいですか？　領家くんはいつも通り『知るかよ』とか無視で構いませんので、『違う、偽装だよ』とほんとのことは言わないでいただけますか？」

僕は了解、と片手を上げ、ちらっと領家を窺うと、こちらを見ていた相手と視線がかち合った。

なぜか咎《とが》めるように目を眇《すが》められ、捷は戸惑う。

なんで僕に怒ってるみたいな顔するんだよ、とわけがわからず、せっかく先日助けてくれて見直しかけたのに、やっぱり偏屈《へんくつ》な奴、と眉を顰《ひそ》め、捷は相手より先にぷいと視線を外した。

＊＊＊＊＊

生半可《なまはんか》な試験勉強では赤点必至の怒濤《どとう》の期末試験を乗り切り、なんとか落第せずに夏休みを迎えられるかに見えた七月半《なか》ば、捷《しょう》の前に手強《てごわ》い伏兵が立ちはだかった。

煌学生《こうがくせい》が「殺人体育」と恐れる、限界まで体力を使わせる体育担当の渡嘉敷《とかしき》は、この世に運動神経が悪い人間がいるということを認めない鬼軍曹《おにぐんそう》のような教師だった。

鉄棒の蹴上《けあ》がりも懸垂《けんすい》も何度やっても一度もできず、跳び箱も五段で尻が着いて飛び越せず、マットで前転すると斜めに転がるていたらくで、そのたび「ふざけてないで真面目にやれッ！」と竹刀《しない》でバコンバコン叩かれる。

全力でやってこれなんです！ と必死に訴えても許されず、前後の休み時間まで特訓させられ、捷にとって週三回の体育の時間は地獄に等しかった。

夏休み前の最後の体育は校外マラソンで、学校から駅までの並木道を全力疾走《しっそう》し、線路沿いを左に走ってボート部の練習場所の加治木川《かじきがわ》まで行き、畑の間を戻って神社の階段を一往復し、また並木道を通って学校へ戻るコースで、近道をしたらビンタの上落第だと脅《おど》される。

級長の芹澤《せりざわ》もスポーツが苦手なので、一緒にビリになろうと目で伝えたつもりだが、通じなかったのか裏切られたのか、途中でどんどこ置いていかれてしまった。

渡嘉敷が自転車でズルする者がいないか伴走《ばんそう》していたが、捷はあまりにも前の集団と離れていたので、ひとり淋しく『走れども走れども　猶《なお》わが体育楽にならざり　ぢっと足を見る』と啄木《たくぼく》をもじりながら走る。

どうにか神社の階段下まで辿《たど》りつき、震える膝と脇腹の痛みを堪《こら》えながら二百段の階段を見上げたら、もうビンタと落第のほうがマシだと思った。

周りを見回しても渡嘉敷の影も形も見えず、啄木も『三歩歩まず』って言ってるし、と速攻で階段は諦め、二段登っただけで引き返す。

堂々のビリゴールだったが、一応一度も止まらず駆け続け、バテながらも清々しい達成感に包まれていると、渡嘉敷に雷を落とされた。

「ゴルァ、鞍掛《くらかけ》ッ！　ちゃんと双眼鏡で見てたぞ！　俺がなぜおまえたちをしごいているか真意がわからんのかッ。社会に出たら、もっと厳しい荒波が待っているから、『あの死ぬほど辛い体育を耐えたんだから、どんなことでも乗り切れる』と思ってほしくて涙を呑んで鍛《きた》えているのに、ズルして手を抜くとは何事かッ！」

ひいっと身を竦《すく》め、「すみませんっ」と直立不動で歯を食いしばる。目を瞑《つむ》って刑の執行を待っていると、渡嘉敷がやや間をあけてから言った。

「鞍掛の顔をビンタして腫《は》らすのは俺の美意識的に忍びない。おまえの罰は、終業式の後、一人居残って校庭五十周ということにする」

「……ええー」

五十周より一回ビンタのほうがいい、と言いかけると「えーじゃないっ！」と叱られ、「はいっ！」と答えるしかなく、終業式が終わって皆が続々帰省していく中、捷はひとり炎天下の校庭をぐるぐる走らされた。

渡嘉敷が見張っている教員室の前を通るたびに正の字を書き、サバも読めずに五十周完走してようやく落第を免《まぬが》れ、『われ泣きぬれてサバとたわむる』と呟きながら、ふらふらになって無人の寮に戻る。

伊鞠《いまり》たちや荊木《いばらき》が不憫《ふびん》がって居残りの間待っていてやると言ってくれたが、何時に終わるかわからなかったので、遠慮して先に帰省してもらった。

ひと気《け》のない南寮はまるで違う建物のように静かで、自分も急いで家に帰ろうと汗だくの体操着を脱ぎ、下着一枚で汗を拭《ぬぐ》っていると、廊下から足音が聞こえて捷はハッと振り返る。

夏休みに帰省しない寮生は中央棟で寝泊まりするはずで、もう三棟には残っていないはずだった。

まさか泥棒？　と息を止めて開けっ放しのドアを窺うと、図書室の本を数冊持った領家《りょうけ》が入ってきて、捷を見てやや驚いたように目を見開いた。

捷は急いで半袖《はんそで》シャツを着ながら突っかかる。

「……なんだよ、びっくりさせるなよ。とっくに帰ったんじゃないのかよ。なんでまだいるんだよ」

「そっちこそ」

「……体育の居残りだよ。悪いかよ」

「別に悪いなんて言ってない。……終わったなら早く帰れよ。妹が楽しみに待ってるんだろ」

みんなの会話に加わらなくても耳には入るらしく、そんなことを珍しく口にして、領家はいつものように自分の席に掛けて本を開いた。

捷はズボンを穿《は》きながら目を瞬《しばた》く。

「……なに悠長に本なんか読んでんの。あ、もしかして迎えの車でも待ってんのか？」

と問うと、領家は無視するか答えるか考えるような間をあけてから、ぼそりと言った。

「いや、俺は帰省しないから」

「……え」

ほかにも対抗戦の練習がある運動部員や、実家が遠いために汽車賃を惜しんで寮に残る者がいるが、領家の家は田園調布《でんえんちょうふ》で、遠いわけでも金がないわけでもない。

なんで帰らないいんだろう、と不思議だったが、思い返すと領家は一学期の間、週末の帰省も一度もしなかった気がする。

もしかして、なにかわけありなんだろうか。

理由を聞きたかったが、聞いても「別に」とか「たまたま同室になった赤の他人に話す必要性を感じない」などと言われるのが関の山のような気もして、捷は黙って帰り支度を進める。

荷造りをして学帽を被《かぶ》り、「じゃあな」とドアの前で一応声をかけようとして振り返ると、日の陰り始めた部屋でひとり本を読む相手の後ろ姿がどこか淋しげに見えた。

そんなわけない、と捷は心の中で否定する。

こいつは人嫌いの一匹狼で、誰もいないほうが静かでせいせいすると思うような奴だ。

でも、名家の御曹司《おんぞうし》なのに、実家に帰れない事情か帰りたくない事情がありそうで、そんな相手をひとり放置して、このまま自分だけのんきに帰省するのもためらわれる。

ふと、以前相手の本棚で見かけたステルベン（死）に関する書名が思い出された。

もし長い休みにこいつが暇にあかせて「なぜ生きるのか」とか小難しい思索に沈潜《ちんせん》しすぎて、発作的に華厳《けごん》の滝に向かったりして藤村操《ふじむらみさお》的な取り返しのつかないことをしたら、別に友達じゃないけど後味が悪い。

捷はしばし迷ってから領家に声をかけた。

「……あのさ、別に無理にとは言わないけど、一緒にうちに来る？　……その、夏休み中って寮の食堂は二食しか出ないらしいし、自分で作ったり、駅前までいちいち食べに行くの、面倒くさいかなと思って……」

もし余計なお世話だとか、庶民の家なんか泊まれるかなどと毒を吐かれたら、なんの躊躇《ちゅうちょ》もなく速攻で帰省してやると思いながら問うと、領家は本から目を上げ、妙にゆっくりした動きで捷を振り返った。

本心のわかりにくい瞳で見つめられ、なんだよ、断るならさっさと断れよ、と心の中で毒づくと、相手は平坦な声で言った。

「……そんなに言うなら、暇つぶしに行ってやってもいい」

「……っ」

相変わらずの可愛くない返事に、別に来てくれとお願いしたわけじゃない、とめらっとする。

だが自分から言い出してしまった手前、今更取り消すこともできず、捷はなぜか一番犬猿《けんえん》の仲の同室者を連れて帰省することになってしまったのだった。

＊＊＊＊＊

きっと断られるだろうと思っていたのに、どういう風の吹き回しか予想外に一緒に来ると言われてしまい、捷《しょう》は困惑しながら領家《りょうけ》に念を押す。

「あのさ、うちに来るんだったら、いつもみたいに無愛想で偉そうな態度取られると困るから。家族の前では、なんとかまともに振る舞ってくれよ。一応おまえのこと、『友達』って紹介するから、『友達じゃなくて赤の他人です』とか『女中がわりです』とか余計なこと言うなよ」

家でも寮と同じような傲岸不遜《ごうがんふそん》な態度のままだと、とんでもない奴と同室なのかと親を心配させてしまう、と捷は気を揉《も》む。

「わかってる」

ぶっきらぼうに言われても信用できず、

「ほんとかよ。あと、うちの父は鷹揚《おうよう》だけど、母親は衛生観念と行儀《ぎょうぎ》にうるさいから、いつもみたいに『別に』とか答えると、よそ様の子でも平気で説教するから気を付けろよ」

と脅《おど》すと、領家はやや神妙な声で「わかった」と頷く。

ほんとに大丈夫かな、とまだ心配で、

「それに、うちは自宅で園遊会とか開くブルジョアとはまったく無縁の普通の庶民だから、御《お》曹司《ぞうし》の口に合う食事じゃなくても、部屋が狭くても文句言うなよ」

「言わねえよ」

「あと、うちでは煙草も我慢しろよな。母が健康によくないって言うだろうし、僕もほんとは煙苦手だし。あと、」

くどくど釘《くぎ》を刺すと、領家はうるさげに遮《さえぎ》った。

「わかったって言ってんだろ。大丈夫だよ。いちいち子供に言うみたいに言うな。小姑《こじゅうと》かよ」

「……っ！」

ほら、やっぱり注意しても全然直らないじゃないか、と歯噛みして、一瞬でも淋しげなどと勘違いしたことを後悔する。

仏頂面《ぶっちょうづら》で家まで連れて帰り、門のそばの電柱に止まった蟬《せみ》がミンミン鳴くなか玄関に入ると、捷は「ただいま帰りました」と奥に声をかけた。

予告なく学友とふたりで帰ったので、出迎えた母は一瞬驚いたようだったが、

「まあ、よくいらっしゃいました。暑かったでしょう。冷たいものを入れましょうね。捷の母親の従子《よりこ》です。いつも捷と仲良くしてくれてありがとうね」

と家に連れてくるくらいだから仲がいいのだろうと疑わずに領家に笑みかけた。

普段は優しい母だが、無礼を働くとツノが出るから、うまくやってくれよ、と冷や冷やしながら隣を窺うと、領家は帽子を取って従子に会釈《えしゃく》した。

「初めまして、領家草介《そうすけ》と申します。突然お伺いして申し訳ありません。同室の捷くんがご自宅に誘ってくれたので、厚かましくついてきてしまいました。捷くんは寮でもすごく面倒見がよくて、ほがらかで、誰からも好かれる人気者で、僕はすこし人見知りする質《たち》なので、捷くんと同室になれて本当によかったと思っています」

「……は？」

誰だこいつは、と目と耳を疑うあまりの感じの良さに呆気《あっけ》に取られる。

唖然とする捷を尻目《しりめ》に領家は従子に微笑した。

「捷くんがお母さん似だという噂は聞いていたので、どんな方なんだろうと思っていたんですが、本当にお綺麗な方ですね。とてもお若いし、僕たちくらいの息子がいるなんて、とても信じられません」

だから、おまえは誰なんだ、こっちが信じられないよ！　と腰を抜かしそうに驚き、首根っこを摑んで憑依《ひょうい》した別人を祓《はら》ってやりたくなる。

まあいやだわ、お上手ね、と満更でもなさそうに片手で口元を隠して照れ笑いする従子の後ろから茜《あかね》が駆けてきて、

「おにいちゃま！　おかえりなさい！　……あれ？」

と新顔の領家に驚いた顔をした。

「……えっと、お顔がきれいだから、『いまりくん』……？」

時々週末に帰省したときに話したことを覚えていたらしく、小首を傾《かし》げて訊いた茜に領家は言った。

「ううん、『そうすけくん』だよ。可愛くておしゃまさんだから、茜ちゃんだね？　初めまして。領家草介と言います。『いまりくん』じゃなくてごめんね？」

にこっと捷でさえ初めて見る爽《さわ》やかな笑顔を向けられ、幼女にも美形の威力は有効らしく、茜はぽわっと舞い上がった顔でぷるぷる首を振る。

来て数分のうちに鞍掛《くらかけ》家の母娘の心を虜《とりこ》にし、帰宅した父にも礼儀正しい優等生面《づら》で気に入られ、領家は『突然押しかけた図々しい学友』の座には一度もつかずに『息子のよく出来た親友』の座におさまった。

夜、二階の捷の六畳間に当然のようにふたつ並べて床《とこ》をのべた母に抗議しようとして、やっ

ぱりふたりだけになって、納得いかない豹変《ひょうへん》ぶりを問い質《ただ》さなくては、と思い直す。

浴衣に着替えてから、蚊帳《かや》を小さくたぐって中に入り、布団の上に胡坐《あぐら》をかく。

続いて領家が入ってきて、普段の寮の寝場所よりえらく距離が近いことにやや戸惑いつつ、捷は言った。

「……えっと、おまえさ、実はやろうと思えば驚異的に外面《そとづら》よくできるんだな。『すこし人見知りする質』とか、なんだそりゃ！　って、顎《あご》外れるかと思っただろ」

領家は隣の布団にごろんと横たわり、

「一応政治家の息子だからな。必要に迫られれば猫くらい被《かぶ》る。……おまえの希望通りにしてやったんだから、文句ねえだろ」

といままで被っていた猫をばっさり脱ぎ捨て、見慣れた無愛想偏屈《へんくつ》野郎に戻る。

捷は腕を組んで眉を寄せる。

「……うーん、文句、ない、はずなんだけど、ものすごく釈然としない。だって、あんなの全部出まかせだし……おまえに『捷くん』なんて呼ばれたこと、寮じゃ一回もないのに」

「呼んだことねえからな」

「そうだよな、呼ぶとしても『女中』とかだもんな。政治家の息子ってすごいな。『ほがらかで誰からも好かれる人気者』なんて、思っちゃいないくせに……、母さんのことも綺麗だとか若いとかこんなうまい味噌汁飲んだことないとか、父さんの研究の話や昔の煌学《こうがく》時代の話を興味深げに聞き入ったり、あんなめちゃくちゃ口うまくて愛想よくできるなら、なんで普段から寮でやらないんだよ」

日頃たびたび屈辱を味わわされ、こいつは社会性や礼儀や愛想を胎内《たいない》に置き忘れてきた奴なんだからと言い聞かせて耐えてきたのに、やればできるなら、もったいぶらずにいつも感じよく振る舞えよ、と強く思う。

領家は両手を頭の下で組み、天井を見上げてぼそりと言った。

「……面倒くせえ。家で猫被るのに疲れたから寮に入ったのに、寮でまで余計なエネルギー使いたくない」

「……」

うんざりしたような呟きに、捷はもっと説教する気でいた言葉を飲み込む。

領家の家は、家族の前で素のままでいられないようなところなんだろうか。

ブルジョアの世界はよくわからないが、伊鞠の家と違って居心地のよくない家庭なのかもしれない。

人嫌いで偏屈なのは生まれつきかと思っていたが、なにか家庭環境とか、それなりの理由があるのかも、と言葉尻から窺えた。

ただ、領家とはまだ『友達』ではなく『ただの同室者』で、個人的な事情に踏み込んで訊ねるのは憚《はばか》られたし、「おまえには関係ない」と言われそうで訊く勇気が出なかった。

詳しい事情はわからないが、帰省するより寮に残るほうが楽で、別段淋しさなど感じていなかったようなのに、お節介《せっかい》して連れてきてしまい、実は不快に思ってるかも、と捷は相手を見おろす。

「……えっと、なんか、うちに誘っちゃって悪かったな。うちで三食食べられるほうがいいかなと思ったんだけど、あんな二重人格並みに感じよく振る舞うと、相当エネルギー使うだろ。親が『捷にいい友人ができてよかった』なんて喜んでたけど、無理にお世辞言うのとか疲れるだろうし、しんどかったら早めに寮に帰っていいよ」

自分としては善意で誘ったのだが、相手にとってはありがた迷惑だったかも、と気遣いのつもりで帰寮を促《うなが》すと、領家はスッと目を眇《すが》め、くるりと背を向けた。

「……別に、おまえの家族には、まったく心にもないおべんちゃら言ってるわけじゃないから、たいしてエネルギー使ってねえよ。……おまえが来いって言ったんだから、もうちょっといさせてくれたっていいだろ」

「……え。や、おまえがいいなら、別にいいんだけどさ」

別に追い返したいわけじゃなく、猫を被るのが大変だろうから配慮してやったのに、と言いたかったが、拗《す》ねたようにそっぽを向かれて捷は口を噤《つぐ》む。

でも、いまの言葉の前半部分を反芻《はんすう》すると、うちでの態度は政治家の息子の舌先三寸ではなく、本心からのものだと言っているように聞こえる。

……ということは、両親に言った言葉が嘘じゃないなら、僕のことを『ほがらかで面倒見がよくて、同室になれてよかったと思っている』と言ったことも、まったくの出まかせじゃないのかな……。

いやいや、そんなことはありえない。こいつは初対面から『女子寮か』と喧嘩を売り、『仲良しごっこする気はない』という初志を貫《つらぬ》いてるし、なんでうちに来るって言ったのかもわからないし、さっきは処世術として親に調子のいいことを言っただけに決まってる。

……でも、もしかして、すこしくらいはそんな風に思ってたりして……と考えたら、真偽はともかく胸の奥がこそばゆくなってきて、捷は急いで電燈の無精紐《ぶしょうひも》を引いて灯《あか》りを消し、うっかりにやけてしまいそうな顔を隠した。

＊＊＊＊＊

「そうすけくん、おやつのカステラにはどんなおのみものがいいですか?」

居間でままごとをしている茜《あかね》が領家《りょうけ》に問う声が庭まで聞こえてくる。

「そうだな、紅茶かな」

「はい、じゃあ、おこうちゃをいれますね。……おにいちゃまはね、カステラにはぎゅうにゅうがいちばんあうっていうの。カステラがもっとおいしくなるって。あんぱんにもドーナツにもぎゅうにゅうがいいっていうし、バナナにもぎゅうにゅうで、やきいもにも、もなかにもぎゅうにゅうがあうって」

「ほんとに？　知らなかった。焼き芋《いも》と最中《もなか》には緑茶か抹茶《まっちゃ》が合うのかと思ってた。茜ちゃんのお兄ちゃんは随分牛乳が好きなんだね」

「うん、ぎゅうにゅうのあじもすきなんだけど、もっとせがたかくなりたいんだって」

なんでも包み隠さずしゃべる茜に（こら）と内心焦《あせ》りつつ、捷《しょう》は庭先で運動靴を洗う。

あれから領家はすっかり鞍掛《くらかけ》家の居候《いそうろう》を決め込んでいる。

ちょっと前までなら信じられない光景だが、茜と穏やかにままごとやお絵かきや人形遊びなどの相手をしてやり、ずっと「おにいちゃまのおよめさんになる」と言っていた茜は「やっぱりそうすけくんのおよめさんになる」と言い出してしまった。

母にも「お風呂、僕が焚《た》きますね」などとブルジョアのくせに気軽に水汲《く》みや風呂焚きを手伝い、父には捷が飲めない酒の相手などして和《なご》やかに晩酌《ばんしゃく》につきあっている。

見事な猫被《かぶ》りっぷりを続けているが、無理をしている風でもなく、気楽に庶民生活を楽しんでいるように見えた。

ただ捷の部屋に戻ると途端に猫を外してボロを出しまくるので、僕にもちょっとはいい顔しろよ、と言いたくなるが、以前よりは角が取れて丸くなっているような気もする。

校庭五十周分の砂埃《すなぼこり》にまみれた運動靴を洗い、物干し竿《ざお》の端に引っかけると、捷は領家が茜と遊んでいるうちに部屋の掃除をしようと二階に上がる。

寮に入る前はすべて母任せだったが、すこしは成長したところを見せなくては、とハタキをかけてから箒《ほうき》で掃《は》きだす。

領家のボストンバッグを机に載せて下を掃いていると、端に置いた鞄が傾いて、ボトッと畳《たたみ》に落ちてしまった。

鞄の口が開いていたので中身が散らばってしまい、高い時計とかが入ってて壊したらマズい、と慌ててかき集める。

宿題のノートや筆入れや手帳を拾い上げたとき、手帳の隙間に写真が挟んであるのに気づいた。

落ちた弾《はず》みで斜めに角が飛び出しており、急いでまっすぐ挿《さ》し直そうとして、ふと魔が差した。

ちょっと見るだけ、と言い訳して一寸ほど写真を抜いてみると、二、三歳年上に見える大人しそうな少女の顔が見えた。

「……あ」

ドクンと鼓動が大きく跳ねた。

すぐに写真を手帳に戻し、鞄に入れて元あった位置に置く。

何事もなかったように片付け、鞄も手帳も元通りに戻したのに、自分のざわつく胸だけが元に戻らなかった。

……いまのメッチェンは、誰なんだろう。

もしかして、領家のリーベなんだろうか。

噂では一人息子で姉妹はいないらしいし、家族じゃないなら、リーベ以外の少女の写真を大事に持ち歩いたりしない気がする。

領家にリーベがいても別におかしくはない。

ブルジョアで出会いも多そうだし、見目もいいし、外面《そとづら》もやろうと思えば完璧だし、接吻《せっぷん》も「そんなことくらい」とか言ってたし、とっくに年上のリーベがいたのかも。

写真の美少女と領家が寄り添う姿を想像したら、お似合いじゃないかという強がりと、羨《うらや》ましさやズルいというやっかみのほかに、なぜか妙に淋しいようなもやもやした気持ちも湧《わ》いてきてしまう。

あの少女がリーベなのかものすごく聞きたかったが、勝手に写真を盗み見た負い目で言い出せなかった。

捷はその晩、隣で寝息を立てる領家が写真のメッチェンに恋文を書いたりしたんだろうかとか、もう接吻はおろか、黒革の写真集のようなことをしたんだろうかとか、あれこれ考えごとが止められず、なかなか寝付けなかった。

ようやく明け方うとうととして、寝入ってしばらく経《た》った頃、ふと人の気配を感じて薄目を開けると、眼前に領家の顔があり、捷はぎょっと目を瞠《みは》った。

「ちょっ、なんだよっ、なんでこっちまで越境《えっきょう》してきてんだよ！　おまえ、いつも寝相いいのにっ……！」

動顚《どうてん》しながらわめくと、領家は腹這いで覗き込むような態勢から身を起こし、

「……おまえがいつも早起きなのに、珍しくいつまでも寝てるから、死んでんじゃねえかと思って、息してるか確かめてたんだよ」

とぶっきらぼうに言い捨てる。

自分にはこんなぞんざいな態度ばかりなのに、きっとリーベには優しくするんだろうと思ったら腹が立って、捷はぷいと顔を背けた。

「ちゃんと生きてるよ。昨夜暑かったから、寝苦しくてよく眠れなかっただけだよ。もう一回寝るから、もう起こすなよ」

夏掛けを頭からかぶって目を瞑《つむ》ると、しばしの間のあと、布越しに領家の声が聞こえた。

「……生きてたのに起こした埋め合わせに、おまえが二度寝から起きたら、映画でも行かない

か。奢《おご》ってやる」

「……え？」

捷は夏掛けの中で目をぱちりと開ける。

封切られたばかりの洋画の喜劇で見たいものがあったので、誘い自体は願ってもない。が、領家に誘われたのが初めてで驚いたのと、自分でいいのかと戸惑って、捷はそろりと夏掛けを下げて目だけを出す。

「……でも、リーベと行かなくていいのかよ……？」

ついぽろっと訊ねてしまい、「は？」と怪訝《けげん》な声を出される。

「誰のこと言ってんだ、リーべって」

不審そうな視線と声で問われ、捷は焦《あせ》ってしばらくうろうろ視線をさまよわせたのち、観念して小声で言った。

「……その、ごめん、実は昨日掃除してたら、おまえの鞄を落としちゃって、ちらっと、手帳に入ってた写真を見ちゃった……」

「……」

相手の発する冷気が常よりさらに極寒に下がった気がして捷は固まる。

……もしかして、順調な関係のリーべじゃなく、片想いとか失恋相手とか、触れてはいけない相手だったんだろうか……と内心おののく。

領家はむくりと起き上がって溜息をつき、鞄を引き寄せて手帳を取ると、写真の挟まれた頁《ページ》を開いた。

「……これのどこ見てリーべって思うのか、おまえの感覚がわかんねえ。おまえは子持ち女でも守備範囲なのかよ」

「えっ、子持ち⁉」

素《す》っ頓狂《とんきょう》な声を出して捷は跳ね起きる。

仏頂面《ぶっちょうづら》で写真を差し出され、おずおず手に取って眺めると、昨日上のほうしか見なかった写真の下方に三歳くらいの男の子が一緒に写っていた。

領家はもう一度溜息をつき、ぼそりと言った。

「それは俺の生みの母の十九の頃の写真だよ」

「……え。あ、そうだったんだ」

ちょっとは顔似てんだろ、と言われてよく見ると、纏《まと》う雰囲気はまったく違うが涼やかな目元がどことなく似ており、小さな男の子にも領家の面影があった。

なんだ、お母さんか、リーベじゃなかったのか、となぜかホッと安堵したあと、「生みの母」という言葉に引っかかる。

生みの母がいるということは、育ての母もいるということでは、と複雑な相関図が思い浮かび、捷は口を噤《つぐ》む。

訊くとまずいことかもしれないし、こっちからは詮索しないけど、もしおまえが話してもいいと思ったら、ちゃんと聞くから、と目で伝える。

領家は長い間黙っていたが、ぼそりと口を開いた。

「……俺、正嫡《せいちゃく》じゃなくて、妾腹《しょうふく》なんだ」

「……え」

捷は小さく息を飲む。

領家は目を上げて挑《いど》むように捷を見つめた。

「別にそのこと自体は恥じてない。九歳まで自分が妾《めかけ》の子だなんて知らなかったけど、母とふたりで暮らしているときは幸せだったから、不満なんかなかった。母は十五で父の妾になって、十六で俺を生んで、二十五のとき俺を捨てて父に売ったんだ」

「……」

自分の言葉で、領家は自《みずか》らを傷つけているように聞こえたから、迂闊《うかつ》に返事ができなかった。

領家は溜めこんでいた鬱屈《うっくつ》を誰かに吐きだしたかったのか、さらに言葉を継《つ》いだ。

「母が囲われてた谷中《やなか》の家に父は一度も来なかったから、ずっと父親はいないものだと思ってた。別にそれでよかったのに、ある日突然迎えの車が来て、俺だけ本宅に連れて行かれた。それまで母の姓の『宇垣《うがき》草介』だったのに、今日から『領家草介』になるって言われて、そのとき初めて父の顔を見た。本妻の息子が落馬事故で亡くなって、ほかに子供がいないから、おまえが後継ぎだって」

「……」

なんて言葉をかけたらいいのかわからなかった。安易な慰めは逆鱗《げきりん》に触れそうで、ただじっと聞くことしかできなかった。

領家は捷の目の中に出自《しゅつじ》を見下す気配がないか確かめるように見据え、続けた。

「引き取られたとき、継母《ままはは》は息子の死を受け入れられずに憔悴《しょうすい》してて、俺の顔を見るたび『おまえが死ねばよかったのに』って泣きわめくし、父は仕事が忙しくて、ほかにも妾がいてなかなか家にいないから、助けを求めることもできなかった。父は俺に英才教育を強《し》いて、なにかしくじるたびに家庭教師や使用人が『若様のお母様は下賤《げせん》のご出身ですから、お育ちが』って上品な口ぶりで馬鹿にするから、勝手に連れてきたくせにって悔しくて、一度家出して谷中の家に戻ったら、もう別の家族が住んでた。母とはずっと音信不通で、この写真しか持ってないんだ」

「……」

領家が淋しさややるせなさや戻れない日々への郷愁を歌う啄木《たくぼく》に慰められる気持ちが初めて腑《ふ》に落ちた。

重責《じゅうせき》だけ押し付ける父親や、自分の悲しみの捌《は》け口に心ない言葉で疎《うと》んじる継母や、嫌味な使用人など、金はあっても冷えきった家の中で領家はひとり耐えてきたのだろう。

伊鞠《いまり》がストームで襲われたとき、「力で敵《かな》わない相手になにも反撃できなければ、ただ泣かされるだけだ。誰も味方がいなければ自分でなんとかするしかない」と言ったのは、自分も同じ無力な立場にいるからこその言葉だったのかもしれない。

領家は昏《くら》い瞳で続けた。

「俺は父が嫌いだ。外では名士面《めいしづら》で、十五の娘を身籠《みご》らせて、金だけ与えて、子供が必要になったら猫の子みたいに連れてくような奴だ。継母はさすがにもう面と向かって『おまえが死ね』とは言わないけど、腹ん中じゃ蔑《さげす》んでる。あいつらのためにまともな後継ぎになるなんて馬鹿らしくてやってらんねえ。でも反抗すると、『生みの母親の育て方が悪いから』って言われるし、いまは服従を装《よそお》って、いずれ後を継いだら全部俺の手で壊してやるって、そればっかり考えてる」

「……」

そんな言葉を吐く領家に胸が痛んだ。

領家にそんな未来を選んでほしくなかった。

でもそうでも考えないと心が折れかねないような境遇だったのは察せられ、「そんな淋しい破滅的な生き方しちゃだめだ。おまえだって不幸になる」という正論を軽々しく口にすることはできなかった。

領家は捷の顔から胡坐《あぐら》をかいた膝に視線を落とし、かなり言いあぐねるように間をあけてから言った。

「家の息苦しさから逃れるために寮に入ったら、初対面でおまえがなんの悩みもなさそうな平和な顔で、父親大好きみたいな挨拶《あいさつ》するから、イライラした。屈託《くったく》なくにこにこして、きっと愛情いっぱいに育ったんだろうって思って、羨《うらや》ましくて……眩《まぶ》しくて、悪態《あくたい》ついた。……悪かったな、八つ当たりして」

「……え」

相手の口から出た初めての詫《わ》びの言葉に捷は目を剝《む》く。

本当に完璧な八つ当たりで因縁《いんねん》つけられただけと判明したが、事情を聞けばしょうがないかと思えたし、今更とはいえ謝ってくれたので、捷は思わず膝を進めて領家の頭を撫でてしまった。

「……なにがしたいんだ、おまえ」

やってしまってからハッとして、胡乱《うろん》な眼差しの領家に焦って弁解する。

「……い、いや、あの、その、悪いことしたって、自分で気づいてちゃんと謝れたから、偉いぞって、つい……」

いつも茜にしてるから、とへどもどしながら言い訳すると、「幼児教育ありがとう、おにいちゃま」とぶっきらぼうに言われる。

重たい空気が自分のうっかりしたボケのせいで緩《ゆる》んでしまい、生き方や人生について深刻に語り合う雰囲気ではなくなってしまう。

ちょうど母が階段下から「捷、草介くん、いつまで寝てるの。早く朝ごはんおあがりなさい」と声をかけてきたのを潮に、捷はパッと立ち上がった。

「ほら、おまえも早く立て。ごはん食べたら映画行くんだろ」

言いながら、捷は領家に片手を差し出す。

僕はおまえの生まれなんかなんとも思ってないし、おまえはおまえだと思ってるし、寮での暴言ももう許してやる、と態度で伝えたかった。

領家は伸ばされた捷の手を見つめてから顔を見上げ、ややあってから「……ダンケ」と手をぎゅっと摑んできた。

ずっと一匹狼で誰にも心を開かなかった領家が、隠してきた生《お》い立ちや鬱屈《うっくつ》を打ち明けてくれたのは、たぶん自分を信頼に値する相手だと認めてくれたからだと思えた。

領家の手を握り返して引っ張り起こしながら、やっと初対面のときになりたいと望んだ本当の友人になれた気がして嬉しかった。

＊＊＊＊

「……あのさ、ふたりでお母さんの行方を探して会いに行かないか?」

「……え」

捷《しょう》は蚊帳《かや》の中でうつぶせになって宿題をしていた手を止め、隣で本を読む領家《りょうけ》に数日来の考えを持ちかけた。

領家の母親の宇垣野枝《うがきのえ》さんについてわかっていることはわずかしかない。

静岡の大仁《おおひと》の農家の出で、先に上京して新聞社の小使《こづか》いをしていた兄を頼って東京に出てきて、領家の本宅の女中奉公《ぼうこう》についてすぐに妾《めかけ》にさせられた。

領家が父親の秘書や古参《こさん》の使用人に母親の所在を訊ねても、継母の不興《ふきょう》を怖れて誰も教えてくれないらしいが、ふたりで探せば手がかりが見つかるかもしれない。

領家は文庫本に目を戻し、

「……いいよ、別に。俺を捨てたとき、母はまだ若かったから、今頃どっかで新しい家庭築いて別の人生送ってるだろうし。もう七年も経《た》つし、俺のことなんかとっくに忘れてんじゃねえの」

とひねたことを言う。

ほら、また『捨てた』って言った、と捷は心の中で指摘する。

生みの母の話をするとき、領家は『捨てられた』『父に売られた』という言葉を使う。谷中《やなか》で暮らした九年間は幸せだったと言っていたから、ちゃんと愛されていたに違いない。そんな母親が平気で息子を手放したとは思えないし、領家の父親に押し切られて逆らえなかったのが実情ではないだろうか。

ただ領家にとっては母からちゃんとした説明もなく引き離されて、ひとり牢獄《ろうごく》のような豪邸に送られて、愛してたならなぜ手放したのかと恨みたくなる気持ちもわかる。

九歳で別れてから、裏切られたと恨みつつも写真を大事に隠し持ち、愛憎入り混じった思いを引きずる領家に、なんとか実母の口から好きで息子と別れたわけではないと直接言ってもらえたら、たとえもう元通り暮らすのは無理でも、領家のわだかまりや鬱屈《うっくつ》がすこしは癒《い》えるのではないかと思った。

捷は腹ばいで領家に近づき、文庫本を指で下げ、相手の目を覗きこむ。

「このままなにもしなければ、お母さんの本心だってずっとわからないままじゃないか。一度で探せないとしても、見つかるまで僕もつきあうから。夏休みで時間もいっぱいあるし、いまなら本宅の人たちにもばれずに動けるし、まずは静岡に行ってみようよ。再婚なんかしてないで故郷に戻ってるかも。もし空振りでも、お母さんの生まれ育った地を見るだけでも行く価値はあると思うんだけど」

探偵社や興信所を使うと、領家の両親に即伝わりそうで、あとで継母に領家がいびられると不憫《ふびん》なので、地道に自力で大仁の実家から当たってみたらどうかと思った。

故郷に戻っていなくても、もし領家の祖父母が見つかれば所在を知っているかもしれないし、大仁在住の「宇垣」という姓の農家を探せば野枝さんに近づけるかもしれない。

計画を話すと、領家はたいして乗り気でもなさそうにぼそっと言った。

「……それだけの手がかりで見つかるとはまったく思えないけど、……おまえがつきあってくれるなら、行ってもいい。暇つぶしの小旅行がてら」

相変わらずの素直じゃない返事だったが、絶対本心ではお母さんに会いたいはずだ、と確信して、捷は階下の両親に数日領家と旅行に行く許可をもらいにいく。

翌朝母におにぎりを二人分作ってもらい、夏服の制服で静岡に向けて出発した。

友達との汽車旅は初めてだったので、目的は観光ではないのについ胸が弾《はず》んでしまう。露骨《ろこつ》に観光気分みたいな顔をしてはいけない、と表情を引き締めつつ、三島でバスに乗り換えて大仁に向かった。

領家は母に対する積年の複雑な思いからか、現地に着いてもいまひとつ捜索に積極性を見せないので、捷が駅員や駐在所のお巡《まわ》りさんや、目についた食堂の女将《おかみ》や、野良仕事中の人などに「宇垣さんという農家をご存じありませんか」「いまは宇垣という名字じゃないかもしれないんですが、この写真の宇垣野枝さんという方をご存じありませんか?」と片っ端から聞き込みをした。

足が棒になるほど歩き回り、午後も遅くなってから、

「……なかなか難しいもんだなぁ。地図で見たら割と小さく見えたんだけど、人ひとり探すには広すぎる……」

狩野川《かのがわ》の堤《つつみ》に座っておにぎりを食べながら捷は当てが外れて溜息をつく。

手当たり次第に聞き込みをしたが、知っているという人にはかすりもしなかった。

ごめんな、無駄足だったかも、と隣でおにぎりを齧《かじ》る領家に謝ると、

「別に、こんなもんだろうと思ってたから、想定の範囲だ。……全然見当違いでも、おまえがすごい頑張って聞きまくってくれたから、無駄足なんて思ってない。景色も綺麗だし」

天城峠《あまぎとうげ》ってあの辺なのかな、と山並みを見ながら呟く領家の横顔は不機嫌そうではなかったから、ほっと安堵しつつも、振り回してなんの成果も上げられなかった申し訳なさにとらわれる。

おにぎりを食べ終わって立ち上がり、まだ諦めずに聞き込みを続けるか、東京に戻って野枝さんの兄が働く新聞社をしらみつぶしに探したほうが確率が高いか相談しようとしたとき、

「学生さーん」とさっき会った駐在さんが自転車で川沿いの道をやってくる。

急いで駆け寄ると、初老の駐在さんは息を切らして、

「よかった、まだ居なさった。急いで食堂の『杠亭《ゆずりは》』に行ってみなされ。さっき学生さんが

見えたあと、女将が来るお客みんなに宇垣さんのことを聞いていたら、たまたま小学校の同級という人がいたそうで」

「えっ、ほんとですか⁉」

駐在さんは頷き、

「いま食事中で、もうすこしなら待っていてくれるそうだから、早く行きなされ。本官は学生さんらを探して呼んでくるように女将に頼まれたんですわ」

たしかに伝えましたぞ、と駐在さんは自転車でまた元来た道を戻っていく。

ありがとうございます！　と後ろ姿に叫んで、捷は領家を振り返る。

「やったな！　早く行こう！　走ろう、全力で！」

親切な女将のおかげでやっと知り合いが見つかり、希望が見えて勢いこむと、領家はぼそりと言った。

「大丈夫かよ、校外マラソンでズルしたのにビリだったんだろ。足攣《つ》ったりすんじゃねえのか、全力で走ったら」

捷は一瞬黙り、「じゃあ、全力で早歩きしよう」と現実的な妥協案を出し、領家の腕を摑んで急いで杠亭に向かう。

女将が引き止めておいてくれた野枝の同級生という男性は売薬《ばいやく》の行商を生業《なりわい》にしており、あちこち出向いて商売している間に彼女の消息を知ったという。

「野枝ちゃんは東京から戻ってきてすぐ肺を病《や》んじまって、海沿いの療養所に入ったけど、旦那に子供取られて生きる張り合い失くしちまって、そのまま一年も経《た》たずに……、もう六年前になるかな。美人薄命って言うけど、ほんとにもったいないよ、二十六の若さでさ」

「……え」

そんな結末は夢にも想定していなかったから、捷はどう反応していいのかわからず頭が真っ白になる。

捷が想像した最悪の結末は、野枝に新しい家族の前で領家のことを誰だかわからないふりをされるとか、「子供なんて面倒くさくていないほうが楽だから、さっさと金もらって手放したのよ」などとあばずれ発言をされることくらいで、すでにこの世にいないなんて考えてもいなかった。

口の中がからからに渇いて言葉が出ずに固まる捷の隣から、領家がスッと立ち上がった。

「お話を聞かせてくださり、ありがとうございました。わざわざお待ちいただいて、貴重なお時間を割《さ》いていただき恐縮です。ここの払いは僕が」

これは気持ちです、と小さく畳《たた》んだ高額の札を握手するようにさりげなく渡し、女将にもいくらか渡して会釈《えしゃく》し、領家は出口に向かう。

捷も急いで立ち上がり、女将と男性に帽子を取ってお辞儀してから店を出る。

スタスタ先を行く領家になんと声をかけたらいいのかわからず、黙って後ろを歩く。

またよかれと思って余計なお節介《せっかい》をして、とんでもないことに……、と捷は唇を嚙んでうなだれる。

自分が探そうなどと言い出さなければ、領家はいまも母親がどこかで元気に暮らしているとずっと信じていられたのに、と悔やまれた。

とうに亡くなっていたという事実を知るより、知らずにひそかに慕《した》い続けていたほうが、領家にとってまだましだったかもしれない。

いたたまれなかったが、すこし先を歩く領家の背中に勇気を出して「あの、ごめん……」となんとか声を絞《しぼ》り出すと、領家はぴたりと足を止めた。

前を向いたまま、

「……別に、謝らなくていい。おまえが悪いわけじゃねえし」

とぼそっと呟かれる。

領家はまた歩を進めてバス停の前で止まり、時刻表を眺めて捷を振り返った。

「次のバス、一時間半後だってさ。ぼけっと待つより三島まで歩くか」

淡々とした態度で言われ、捷はためらいがちに問うた。

「……でも、このまま帰っちゃっていいのか……？　さっきの人に聞けば、お母さんの実家とか、その、……お墓の場所とか、教えてくれるかも……」

墓前に花を手向《たむ》けたり、祖父母に会ったりするなら自分もつきあうつもりでおずおず訊ねると、相手は平坦な声で言った。

「いい、別に。じいさんばあさんの顔も知らないのに、会っても話すこともねえし……墓参りしたところで、母が生き返るわけじゃねえし」

「……」

やっぱりまだ受け入れがたくて全部なかったことにしたいのかも、と思われて、死を実感させて追い打ちをかけるような失言をしたことを悔やむ。

三島駅に向けて互いになにも話さずに田舎道を黙々と歩き、繁華な駅前に着いたときにはすっかり日が落ちていた。

領家はかったるそうな声で、

「……さすがに足が疲れたな。いまから帰ると遅くなるし、従子《よりこ》さんを起こすのも悪いから、もう今晩はこっちに泊まっていかないか。家にもそう言ってきたんだろ？」

「あ、うん、一応は」

と頷くと、領家は適当に目についた近くの旅館に宿を取った。

一階が食事のみの客も入れる食堂になっており、夕食を用意してくれたので、ふたりで食べに下りる。黙々と平らげていく相手が強《し》いていつもどおりを装《よそお》っているように思えて、捷は罪悪感でなかなか箸《はし》が進まなかった。

そのとき、入口から「おこんばんわぁ」と花柳《かりゅう》の職と思《おぼ》しき若い日本髪の女性が歌うような調子で入ってきて、女将が「ちょっとお蝶《ちょう》さん、裏から入ってきておくれよ」と窘《たしな》める。

お蝶と呼ばれた芸妓《げいぎ》は捷と目が合うと、にっこり笑って迷わず隣に腰掛けてきた。

ぎょっと怯《ひる》んだ捷に、

「ねぇ学生さん、高校生よね？　うふふ、あたしの初めての男が静高生《しずこうせい》だったから、高校生って大好きなの。今晩はここに泊まるの？　あたし、いまから二階で二件続けておつとめなんだけど、終わったら、お相手しましょうか？　学生さん、可愛いから、お代ただでもいいわよ？」

と肩に手を添えてくる。

その柔らかな感触と白粉《おしろい》の香りに硬直して、

「……へっ！　い、いえ、そんな、あの、め、滅相《めっそう》もないことでっ……」

と動揺で舌をもつれさせながら答えると、女将が「すいませんっ、お客さん、とんだ失礼を」と謝りながらお蝶を引き起こす。

お蝶は悪びれずに「夜中でも気が向いたら、春陽楼《しゅんようろう》の蝶子を呼んでちょうだいね」と捷の頬をひと撫でして二階に上がっていった。

大食漢の惣郷《そうごう》先輩も出射《いでい》の揚屋《あげや》に馴染みのジンゲル（芸妓の意）がいると言っていたが、本物は初めて見た、とドギマギしながら階段から顔を戻すと、向かいから激しい冷気を感じた。

ハッとして、野枝さんのことで気落ちさせたうえに、ジンゲルとでれでれした不謹慎な奴と思われたのかも……と捷は焦る。

でも僕が色目使ったわけじゃなくて、向こうが勝手に破格の申し出を……と弁解しかけると、領家は無愛想全開で言った。

「……呼べば？　どうぞ？　なんなら見ててやろうか、おまえが玄人女《くろうと》に食われるとこ」

「……は？　ちょっ、なに言ってるんだよ、こんなときにそんな……、こんなときじゃなくてもジンゲルアップ（芸者遊び）なんかしないし、食われるとか、見てるとか、わけわかんないこと言うなよ……！」

自分のせいで悲しい思いをさせて済まないと反省しているのに、変に絡まれて、ついいつもの口喧嘩めいたやりとりになってしまう。

食後一緒に浴場に行ったが、領家はずっと目も合わせてくれず、ひとりでさっさと身体を洗って烏《からす》の行水《ぎょうずい》で部屋に帰ってしまった。

やっぱりお母さんのことで落ち込んで気が立ってるみたいだから、もう一度ちゃんと謝ろう、と溜息をついて捷も部屋に戻る。

襖《ふすま》を開けるともう電気が消えており、ふたつ敷かれた布団の片方に領家が横になっていた。月明かりの薄闇でも相手がまだ眠っていないのは気配でわかり、捷は手ぬぐいを窓辺に干してから領家の枕元に座った。

「……あのさ、謝るなって言われたけど、やっぱりごめんな。おまえ、最初からあんまり乗り気じゃなかったのに、無理矢理連れてきて……知らないほうがよかったよな……」

捷はまだ肉親の死に見舞われたことがないので、どんな言葉なら相手の悲しみに寄り添えるのかわからなかった。

領家は枕の上に自分の片腕も枕にして横たわったまま、

「……もういいって言ってるだろ。元々ずっと会ってなかったし、生きてても死んでてもたいして変わりはねえよ。はっきりしただけマシかもしんねえ」

と露悪的《ろあくてき》なことを言う。

つっぱった虚勢にしか聞こえなくて、捷は領家の隣に潜り込み、相手の頭を引き寄せて、ぎゅっと胸に抱え込んだ。

「そんな意地張ってないで、泣きなよ。僕にまで無理して強がらなくていいから。……こうしてれば泣き顔も見えないし、ひとりで泣くのが嫌なら、僕も一緒に泣いてやるから」

大泣きした茜《あかね》を慰めるときのように頭を抱き寄せて、ぽんぽんと髪や背を撫でる。

こうでもしないと偏屈《へんくつ》で頑固《がんこ》な相手は素直に悲しめず、涙も流せないような気がした。

余計なことをするなと突き飛ばされるかと思ったが、相手はじっとされるままになりながら、ぼそりと呟いた。

「……泣かねえよ。無理してねえし、強がってねえし。泣くなんて、そんな女々《めめ》しいことできるかよ」

まだ強情に言い張る領家の背中をむずかる子供をあやすようにとんとん叩く。

「……女々しくなんかないよ。だって、おまえのことを誰よりも、命より大事に想ってくれてたお母さんなんだよ？　お母さんは、絶対おまえを捨てたわけじゃない。おまえを手放して、悲しくて、もうテーベーと戦う気力もないくらい辛《つら》かったんだよ。……たぶん、自分といるより領家の家に引き取られたほうが、息子にいろんな可能性が拓《ひら》けると思って、おまえの幸せのために身を引いたんだよ。……おまえだって、ほんとはわかってるだろう？　お母さんの本当の気持ち」

相手の髪や背を慰撫《いぶ》しながら懸命に伝える。

領家はしばらく黙りこくっていたが、小さな声で言った。

「……知るかよ。本気で俺の幸せを願うなら、どこにも行かないでずっと一緒にいてほしかった」

「……」

涙声ではなかったが、きっと心では泣いているとわかったから、「……うん、そうだね」と捷は代わりに目を潤《うる》ませながら頷く。

「……でもさ、お母さんはやり方間違えたかもしれないけど、おまえに幸せになってほしいっていう気持ちに間違いはないんだから、おまえはちゃんと幸せになろうとしなきゃだめだよ。……お父さんのことが嫌いなら嫌いでいいけど、後継いで全部壊すなんて言わないで、お父さんとは違う、誰も不幸にしない生き方を選んでみたら……？　おまえならそれができると思うし、そっちのほうがずっとかっこいい復讐になると思う」

「……」

相手からの返事はすぐには返ってこなかった。

わかったよ、なんてすぐ言ってくれる素直な性格ではないと知っているが、すこしでも自分が本気で案じている気持ちが届けばいいと思った。

しばらく黙って背中を撫でていると、隣の部屋からなにやら話し声のような声や物音が聞こえてきた。

ん？　と耳を澄ますと、どうやら男女の睦《むつ》み合う声らしく、捷はぎょっと目を瞠《みは》る。

壁越しに聞こえてくるのは蝶子の二件目のおつとめの声のようで、艶めかしい喘《あえ》ぎやかすかな振動まで伝わってくる。

「……ず、随分壁薄いんだな、ここ……」

黙っていると一部始終を聞いてしまいそうで、焦ってしゃべりかける。

急に密着している体勢が気まずくなり、急いで身を離そうとしたら、領家にぐっと背中に手を回されてしがみつかれ、顔を胸に強く擦り付けられた。

「……え」

人との接触を厭《いと》いそうな相手が自分からくっついてくるとは思わず、内心戸惑う。

きっと、お母さんの件で心が弱っていて誰かに甘えたいのかも、とそのままでいてやると、領家が胸に顔を埋めたまま言った。

「……おまえ、どんな女とリーベになりたいんだよ」

「……え」

くぐもった声で脈略もなく問われて困惑する。

「……そんなこと、あんまり考えたことないから、よくわかんないよ……」

「……けど、前に簡単に落ちる女がいいみたいなこと、寮でしゃべってたじゃねえか」

隣のお蝶みたいなすぐさせてくれる女がいいんじゃねえの、誘われて喜んでたっぽいし、と突っかかられ、捷はぺしっと背中を叩いて抗議する。

「喜んでないよ。びっくりしただけだ。蝶子さんはそれが仕事で、気安く誘ったりするのは営業の手管なんじゃないの。それに僕はフラウ（妻）になる人としかそういうことはしないし、もしその子が男だったら生涯の友になれるような相手がいいし」

きっぱり言い切ったとき、隣の嬌声《きょうせい》がひと際《きわ》大きく聞こえた。

「あァん、すごいわぁ、やぁ、そこ、もっと突いてぇ」

蝶子が実況するように乱れる声が筒抜けで、いまなにがなされているのかが思い浮かんでしまう。

心臓がバクバクして、頬も熱くて真っ赤になっているのが自分でもわかった。

そんな場合じゃないのに、芹澤《せりざわ》の写真集の実写版が隣で繰り広げられているのを聞いていたら、足の間が兆《きざ》してきてしまう。

領家に気づかれたらまずい、と焦ってしがみつかれた身体をなんとか反転させる。

「……あの、ちょっと、僕、もう寝たいから、離してほしいんだけど……」

反対を向いても領家は腕を解いてくれず、捷は平静を装いつつ懇願《こんがん》する。

風呂上がりの領家の高めの体温が浴衣《ゆかた》越しに密着し、なぜか可愛いメッチェン相手じゃないのに妙にドキドキして、おさまるものもおさまらなくなる。

早く領家から離れて蝶子の声に耳を塞《ふさ》いで心頭滅却《しんとうめっきゃく》して鎮《しず》めなければ、と焦っていると、いきなり領家に前を握られた。

「……っ！」

一瞬、衝撃で息が止まる。

「……りょ、…な、…や……！」

領家、なにすんだよ、やめろよ、と言いたいのに、驚愕で舌が固まって動かない。

領家が浴衣の上から握った手を離したので、ホッとした一瞬後、合わせ目から手を挿《さ》し入れて下着の中のものを直に摑まれた。

「ちょっ、やめ……やだっ、領家……！」

どうしてこんなことをするのかわからなくて、混乱して首を振ると、背後から耳元に囁かれた。

「勃《た》ってるから、抜いてやろうってだけだ。おまえ、自分でしたことないんだろ。やり方教えてやる」

「えっ、いいよ、そんなの……やめろって」

焦って身じろぐ身体を逃げないように片腕で抱きこまれ、芯《しん》を持つ性器をためらいもなく扱《しご》かれる。

「……やっ…やだ……」

自分では生理現象時や入浴時しか触れたことがない部分を、領家に性的な意図で弄《いじ》りまわされ、困惑と快感でわめきそうになる。

「……だ、だめだよ……領家っ……」

寮でも先輩から後輩に教えたりする行為で、領家が自分にしてもおかしくはないのかもしれないが、恥ずかしくて照れくさくて、いたたまれない。

声を震わせて制止しても、相手は敏感な場所をまさぐる手を止めてくれなかった。

先端だけ撫でまわしたり、嚢《ふくろ》や珠《たま》を揉《も》みしだいたり、溢れてきた汁を塗り付けるように幹《みき》を上下に擦りたてたり、爪で鈴口《すずくち》をくじったり、いろんな弄り方を実地で教え込まれる。

「……ンッ……うんっ…はっ……」

歯を食いしばって堪《こら》えようにも、強烈な快感には抗《あらが》えなかった。

こんなに恥ずかしくて、こんなに気持ちいい目に遭《あ》うのは初めてで、いくら唇を噛みしめても声が漏れてしまう。

「……んっ、く……う」

はりつめた性器をにちゃにちゃと水っぽい音を立てて執拗《しつよう》に弄《もてあそ》ばれ、必死に吐息を殺そうとする耳元で、領家もかすかに息を荒くしているのがわかった。

思わず振り向こうとしたとき、耳たぶに噛みつかれる。

「あっ……！」

なんでそんなとこ噛むんだよ、と戸惑う間に今度はうなじに吸いつかれ、びりっと電流が走るような感覚に震えた瞬間、領家の手の中に達してしまった。

「……あ……はぁ……」

射精の快楽は、未知のものだった。

肩を喘がせて、なにも考えられずに初めて味わう快感の余韻に震えていると、捷の放ったものを塗りたくるようにふたたび性器に触れられる。

捷は息を飲んで目を瞠り、

「……ちょ、領家……あの、もう、ちゃんとわかったから……シュライベンのやり方……」

だから、手を離して、と訴えると、領家はぐいっと捷の身体の向きを変え、また向かいあわせにする。

まだ隣の部屋から蝶子の声がしていたが、それより夜闇に慣れた目に映る領家の眼差しに胸が騒いだ。

領家は小さく舌で唇を湿らせ、すこし掠れたような声で言った。

「……じゃあ、ほんとにわかったなら、いましたみたいにおまえも俺のにやってみて。……俺も隣の声聞いて、ちょっと興奮して勃ったから……」

「……え」

僕がおまえのを？ と仰天《ぎょうてん》して固まっていると、領家はもどかしげに浴衣を緩めて下着から自分の性器を摑み出し、捷の手を強引にそこに触れさせた。

「……ちょっ…わ……」

大きい、と思わず喉まで出かかる。

手首を摑まれて押し付けられた領家のものは、「ちょっと勃った」どころではなく完全に勃ちあがり、濡れていた。

人に触られるのも初めてだったが、人のものに触れるのも初めてで、こくっと息が上がる。

こんなことしていいのかな、でも自分もしてもらったし、親しい仲ならありなのかな、とおずおず太いものを握りしめる。

どくんと掌《てのひら》の中で相手のものが揺れ、これだけ別に意思を持つ生き物みたいな気がして、もっと触ったらどうなるんだろう、と探求心に駆られる。

指や爪で突っついたり、領家にされて悶《もだ》えそうになったくびれや裏筋を拙《つたな》く撫でていたら、急に仰向けに押し倒された。

上に跨《またが》られて驚いて見上げると、

「……今度は、ふたりでやるやり方も教えてやる」

と言うなり互いの性器をごりっと擦りあわされた。

「ひぁっ……！」

剝き出しの神経を直《じか》に引っかかれるような激しい痺《しび》れが走り、捷は悲鳴を必死で飲み込む。

熱い性器で敏感な裏側を扱くように腰を揺らされ、

「……やっ、なにこれ、あっ、んぁ……！」

死ぬほど恥ずかしくて、でもたまらないほど気持ちよくて、どうしたらいいのかわからず瞳が潤む。

こんなやり方知らないし、教わっても誰とやればいいんだよ、と困惑して、ぬちゅぬちゅ性器を擦りつけられながら捷は髪を左右に打ちふるう。

領家は今度は二本まとめて性器を摑み、上下に擦り出す。

「……アッ……あ……！」

自分のものだけを握られたときより強烈な刺激に思わず相手の腕にすがりつく。

はっ、はっ、と喘ぐ口元に領家の顔が近づいて、捷は無自覚に唇を震わせる。

吸い寄せられるように下りてきて、していいのか迷うように、触れそうで触れない距離で止められる。

下半身を大胆に捏《こ》ね合わせながら、領家は真上まで近づけた唇をなかなか寄せてこなかった。

いいのに、と捷は心のうちで思う。

いや、だめだろ、とすぐに頭の隅で叱る声がする。

キュッセンは相愛の者同士がする愛の行為で、初めての接吻は可愛いメッチェンとする予定だ。

でも、と捷は領家を見上げる。

どうしてかわからないけど、いま領家とキュッセンしてもいいような気がしてる。

そうしても変じゃない気がする自分に戸惑って、こくんと唾《つば》を飲んだとき、唇が押し付けられた。

「……っ」

領家が初めての接吻相手になったことを無念に思う気持ちはなぜか湧いてこなかった。

唇を塞がれたら、きっとこんな気持ちになるのかもと想像していたふわふわした気分ではなく、もっとぎゅっと絞られるような胸の疼《うず》きを覚えた。

「……ンッ……ンン」

領家はそっと触れ合わせる口づけを繰り返し、徐々に「貪《むさぼ》る」という表現がふさわしいやり方に変えた。

「んっ、んぅ、はふ、んんっ」

芹澤に貸された本の一節のような『素早く』『嚙みつくような』『気違いじみた』接吻を浴びせられ、舌まで入れられ『呆然と』させられる。

領家は二本握って扱いていた手を外し、息を上げながら囁いた。

「……俺のはいいから、おまえの、自分の手でやってみて」

「……え」

吐息混じりの声で促され、試験監督のようにやり方がわかったか確かめる気なのかとうろたえる。

やらなければ許されないかも、と上目で窺いながら、おずおずそこを弄りだすと、相手の喉で音が鳴る。

もうさんざんいろんなことをされて羞恥心《しゅうちしん》が麻痺したのか、自分で気持ちいいことをするのがそんなにいけないことではないような気になってしまう。

「んっ、ん、ふ、ぅ……」

声を堪えながら自らを弄《もてあそ》んでいると、じっと見ていた領家が不意に自分の屹立《きつりつ》を捷の脚の間にぬるりと挟んできた。

「っ！」

驚く捷の唇をなだめるように塞ぎ、領家は腰を前後に振り立ててくる。

長い性器が内股を行き来し、なんでこんなこと、と身を竦《すく》ませる捷の手の上から、領家が片手で摑んで強く扱いてくる。

尻の間を何度も通り抜けては戻ってくる硬い性器の感触と、口の中で搦《から》め合わされる舌と、手ごと扱かれる刺激の強さに、もうわけがわからずただ翻弄《ほんろう》される。

これは自慰なんだろうか、と朦朧《もうろう》としながら思う。

互いの身体を使って自慰行為をしているだけなのかもしれないが、なぜかもっと違うもののような気がした。

疑似性交のような体勢で唇を塞がれ、腰と手の動きを速められ、捷は堪え切れずに領家の口の中に悲鳴を漏らしながら達した。

同時に熱くぬめるもので脚の間を濡らされる。

はぁはぁと喘ぎながら、このふたりでする淫《みだ》らすぎる自慰行為は絶対誰とも恥ずかしくてできないと思った。

でも、もしもまたするとしたら、こんなことは領家としかしたくないような気がした。

＊＊＊＊＊

「……結局、あれはどういうつもりだったんだろう……」

新学期が始まって数日が過ぎた放課後、捷《しょう》は講堂の裏手に寄りかかり、扇谷《おうぎたに》先輩が奏《かな》でるソナタ『悲愴《ひそう》』を聴きながら溜息をつく。

三島の宿で濃厚なシュライベンをした翌朝、どういうわけか領家《りょうけ》は初対面の偏屈《へんくつ》冷淡男に戻ったように無表情で素《そ》っ気《け》なく、どんな顔で話したらいいのかドキドキしていた捷の心配は無用に終わった。

話しかけても「あぁ」とか「別に」とか言うだけで会話はすぐ途切れ、帰りは当然捷の家に戻ると思っていたのに、突然寮に帰ると言い出した。

降車駅に着く直前、

「俺、いまから寮に戻るから。挨拶《あいさつ》もしないで悪いけど、家の方にお世話になりましたって伝えといてくれ。……これ、居候中の食費とか諸々。まともな封筒じゃなくてすみませんって、従子《よりこ》さんに言っといて」

と手帳を破った紙に包んだ高額紙幣を渡された。

「……え。なんで？」

夏休み中うちにいるのかと思っていたので、寝耳に水の帰寮に面食《めんく》らう。

「こんな急いで寮に帰らなくても……、それにお金なんていらないし。宿代も汽車賃も自分の分は払うって言ったのに、おまえが全部出してくれちゃったし」

慌てて言うと、

「俺の親探しにつきあってもらったんだから、旅費を出すのは当然だし、ただで居候なんて最初からするつもりなかった。とにかく、それちゃんと渡しとけよ」

と車両が駅で止まるとさっさと降りて振り向きもせずに行ってしまった。

プラットホームに取り残され、なんだよ、あれ、と捷は解《げ》せずに呆然とする。

……だって、昨日、あんなことしたのに……。

領家とは夏休みに入ってから、それまで話さなかった分を取り戻す勢いで語り合い、心が近づいた実感があったし、生涯の友になれるかもしれない予感もあった。

それにシュライベンのような普通おおっぴらに人前でするものではない秘《ひそ》か事《ごと》は、気を許した親しい仲じゃないとやりっこしたりしないはずで、領家がしてやると言ったとき、それくらい親しみを感じてくれているからかと思ったし、自分も領家ならいいかなと思ったから驚いても逃げずに受け入れたのに、今日になったら取り付く島もない態度を取られ、困惑してしまう。

……もしかしたら、領家は別になんの情もない相手にも、あんなことを平気でできるんだろうか。

そう思ったら、胸にぽっかり穴があいたように淋しくなり、捷は慌てて首を振る。

……違う、きっと急いで寮に戻ったのは、お母さんが亡くなって悲しいときにうちの元気な母を目の当《ま》たりにしたら余計落ち込みそうだと思ったとか、茜《あかね》にまとわりつかれずに寮で静かに喪《も》に服したいとか、もう猫被《かぶ》るのに飽きたとか、そういうことで、友情を感じてないからじゃない、と自分に言い聞かせる。

捷にとって、生涯の友は結婚する妻に匹敵《ひってき》する大事な存在で、友情を抱かれていないと思うことはひどくこたえることだった。

きっと新学期に顔を合わせたら、すこし相手の気持ちも落ち着いて、うちにいたときみたいに笑ったりしゃべったり、また打ち解けてくれるはず、と期待して夏休み明けに南寮五号室に戻ると、笑顔で挨拶した捷に領家はぎこちなく「……おう」と言っただけで、また誰にも等しく素っ気ない一匹狼に戻ってしまった。

寮のみんなはいつものことと普通に受け入れていたが、一度親しく過ごした捷にはより冷たく拒否されているように感じられた。

捷の内心の傷心をよそに、伊鞠《いまり》と栃折《とちおり》は妙に甘やかな親密感を醸《かも》し出しており、どうやら夏休み中になにかあったらしいことがふたりの会話から窺えた。

もしかして偽装じゃなく本物のリーベになったのか、といつもの捷なら興味津々で経緯《けいい》を問い質《ただ》しているところだが、いまは（別によろしいんじゃないですか、仲良きことは美しき哉《かな》と言いますし）とやさぐれる気持ちでいっぱいで、追及する気にもなれなかった。

捷は扇谷のピアノを聴きながら膝を抱え、

「……同じ部屋なのに、伊鞠たちのほんわか具合に比べて、こっちのひんやり具合はなんなんだろ……」

と淋しくひとりごちる。

……ちきしょう、領家の奴、僕に友愛もなにも感じてなくて、ただの同室者としか思ってないなら、なんであんなことしてきたんだよ。……接吻《せっぷん》だって、あいつのほうが先にしたいような素振りをしたくせに。

お母さんを亡くした悲しみを誰でもいいから人肌で慰めてほしかったのかもしれないけど、それなら僕じゃなくて、お蝶《ちょう》さんとかを呼べばよかったじゃないか。

悲しくて悔しくてささくれる気持ちをピアノの音色でなだめてから、捷はとぼとぼと寮に帰った。

玄関で委員会帰りの荊木《いばらき》に会い、

「やあツッカー。……あれ、なんか元気ない？」

と領家と正反対の穏やかな態度で気遣われ、捷は微笑して首を振る。

「いえ、なんでもないです。ちょっとおなかすいてるだけで。もう夕食だから、すぐ元気になります」

いつもの自分らしい言葉で誤魔化すと、「ほんとに？」と目を覗き込むように身を屈《かが》められる。

「じゃあツッカー、明日なにも予定がなければ、一緒に映画でも行こうか。気晴らしに」

沈んでいる自分を気にかけて誘ってくれたようで、荊木の優しさがへこんだ心に沁《し》みる。

明日の土曜日、伊鞠は栃折を連れて実家へ帰省すると言っていた。

領家とふたりで沈黙の午後を過ごすより、荊木と映画に出かけるほうがずっといい、と捷は誘いを受けることにする。

すると、荊木はとんでもない提案を付け足してきた。

「実はいま、『テアトル出射《いでい》』にかかってる洋画の恋愛物を男女のペアで観ると、女性がタダになるんだって。だからツッカー、女装してくれる？」

「えっ、女装⁉」

目を丸くして問い返すと、荊木は満面の笑みを浮かべて頷く。

「妻鳥《めとり》が成功してるんだ。級友の武石《たけいし》が背中まである長髪だから、おさげにして麦わら帽子を被《かぶ》って、演劇部の赤いチェックのズボンはいて妻鳥と腕組んで俯《うつむ》いてたら、もぎりの人がまんまと騙《だま》されてひとり分浮いたって。ツッカーなら素でシャンだし、演劇部の鬘《かつら》や衣装で全然いけると思うんだ」

面白そうだと思わない？　と熱心に誘われる。

「……えぇー」と思ったが、成功したら浮いたお金で食事しよう、そのあと下戸《げこ》返上できるように飲みに連れていってあげる、と言われ、たまにはそんな馬鹿げた悪戯《いたずら》をするのも気晴らしになるかも、とやってみる気になった。

翌日、授業が終わってから、演劇部の倉庫から着られそうな服や鬘を調達して風呂敷に包んで五号室に戻る。

伊鞠と栃折はもう帰省したらしく、領家も昼食後のラーヘンタイムなのか部屋にはいなかった。

いまのうちにすこし試しておこうと部屋の隅にうずくまって鬘を被って鏡で見てみる。

黒い長い髪をこのままでいいか、結《ゆ》ったほうがいいか考えていると、ノックもなくドアが開いて領家が入ってきた。

ぎょっとしてガタッと鏡を落とした捷に初めて気づいた顔で、こちらを見た領家が目を見開いた。

「……なにふざけてんだ、その頭」

休み明け以来、やっと相手から話しかけてきた言葉がそれだったので、捷は片手で鬘を引っ張り脱ぎながら切《き》り口上《こうじょう》に言った。

「……うるさいな、悪いかよ、別になにしたっていいだろ。ただの赤の他人の同室者のすることなんか、なんの興味もないくせに」

それまでの憤懣《ふんまん》が抑《おさ》えきれずに喧嘩腰に言うと、領家が眉を顰《ひそ》めた。

「……なに言ってんだよ、おまえ」

捷はぷいと無視して鬘を風呂敷に包み直し、すっくと立ち上がった。

「これから荊木先輩と映画観てくる。男女のペアで行くとタダになるから女装するんだ。映画のあと、先輩と飲んで帰るから、門限ぎりぎりになるかも」

じゃあな、とドアの把手《とって》に手を伸ばしたとき、ガシッと領家に手首を掴まれた。

驚いて見上げると、至近距離から怒気《どき》のこもった視線を向けられる。

「……おまえ、荊木先輩のこと、好きなのか？」

低く問われ、なんでそんな顔して当たり前のこと訊くんだろ、と怪訝《けげん》に思いながら頷く。

「好きだよ、そりゃ。優しいし、紳士だし」

チューターを嫌う理由もないので素直に答え、

「手を離せよ。先輩が待ってるんだから」

とドアを閉ざすように立《た》ち塞《ふさ》がる相手を咎《とが》めると、領家は余計強く手首を掴み、捷の反対側の手から女装用の包みを奪って部屋の端に投げつけた。

なにするんだよ、と言おうとしたとき、領家が怒気を爆発させて詰《なじ》った。

「おまえ、ほんとに八方美人の尻軽だな！　先輩を好きなら、どうして俺とあんなことしたんだよ！」

聞き捨てならない暴言に目を剝《む》き、捷も叫ぶ。

「尻軽って、僕のどこがだよ！　それに『どうしてしたんだ』って、おまえが勝手にやってきたんじゃないか！」

なんでこっちが理不尽に責められなきゃいけないんだ、と非難を込めて睨むと、領家も悔しげに睨み返してくる。

「俺から勝手にしたけど、おまえだってそんなに嫌がらなかっただろ！　……荊木先輩がおまえに本気なのは知ってたけど、おまえはただの先輩としか思ってないみたいだったから大丈夫だと思ってたのに、女装してデートとか、下戸のくせに一緒に酒飲むとか、酔わされてなにされるか承知のうえで行くなら、やっぱり尻軽じゃねえか！」

相手の一言一句、不当で意味不明の非難としか思えず、捷はキィッとわめく。

「なにわけわかんないこと言ってんだ！　デートじゃないし、先輩はただチューターだから親切にしてくれてるだけなのに、変な言いがかりつけるなよ！」

「『ツッカー』なんて露骨《ろこつ》な仇名《あだな》つけて、おまえを自分のものだって見せつけるみたいに可愛がって周りを牽制《けんせい》してるのに、なんで本人がすっとぼけて気づかねえんだよ！　おまえは尻軽のうえに鈍感すぎる！」

また不当に罵倒《ばとう》され、捷は正しい由来をわめく。

「僕は尻軽でも鈍感でもないっ！　僕が甘い物が好きだから、『砂糖』ってつけられただけなのに、おまえこそとぼけた因縁つけるなよ！」

「そう思ってんのはおまえだけだ！　表向き、先輩はそう言ったかもしれないけど、英語のシュガーと同じ『恋人』の意味を込めて呼んでるに決まってるじゃねえか！　『スイート』とか『ハニー』とか甘い物は恋人の呼称《こしょう》だし、ほかの奴らもみんなそう思ってる。先輩が唾《つば》つけて狙ってるから、遠慮してみんなおまえにコナかけられねえのに」

「……へ」

そんな見解は初耳で、捷はぽかんとする。

ただの領家の考えすぎとしか思えないが、ふと以前妻鳥に「誰かが陰で目を光らせてるから平穏無事なんだ」と言われたことを思い出す。

まさか誰かって、荊木先輩のことだったのかな……。

先輩がそんな意図で仇名呼びしていたなんて、考えたこともなかった。

領家の言う通り、もしかしたら自分はかなり鈍感なのかもしれない、と捷は目を泳がせる。

でも、先輩のことは「信頼できる先輩」としか思えないし、それ以上の気持ちは抱けない。

もしリーべとデートするようなつもりで映画に誘われたのなら、一緒に行くことはできないと思った。

さっき領家に「先輩が好きなのか」と問われたときの回答は、そういう意味での「好き」じゃないから、と弁解しようとして、なんでこいつにそんな言い訳しなきゃいけないんだ、友達とも思われてないのに、と捷は唇を噛みしめる。

捷はずっとつれなかったくせに意味不明の文句だけはべらべら並べる相手を睨んだ。

「……たとえそうだとしても、関係ないだろ。おまえは三島の翌日から今日までずっと他人行儀な冷たい態度だったじゃないか。おまえは特別な情がなくても平気であんなことできるのかもしれないけど、僕は違う。あんなこと誰とでも平気でなんかできない。僕はおまえだから……、とにかく、おまえのほうが尻軽だっ！」

夏休み後半から燻《くすぶ》っていた怒りのまま糾弾《きゅうだん》すると、領家も頬を紅潮させて叫んだ。

「俺だっておまえだからしたに決まってるだろ！　おまえが好きなんだよ！　好きでもない奴と接吻や素股なんかできねえよ！　けど、ちゃんと打ち明ける前になりゆきでいろいろしちゃったから、翌日は照れくさくてどうしたらいいかわからなかっただけだ！　新学期になってからも、いつどうやって告白するか考えてただけなのに、さっさと荊木先輩に尻尾《しっぽ》ふりやがって！」

「……え？」

スマタという言葉に聞き覚えがなかったが、ほかのすべての言葉も理解不能で捷は目を瞬《しばたた》く。

……なにを言ってるんだ、こいつは。

『好き』とか『照れただけ』とかごちゃごちゃ言われた気がしたが、そんな可愛げのある言葉と態度がまったく結びつかず、聞き間違いかも、と眉を寄せて考え込んでいると、領家が赤い顔で言葉を継いだ。

「……そりゃ、たしかにわかりにくかったかもしれないけど、初対面から意識してたし、ちょいちょい伝えてきたつもりなのに、全然気づいてくれねえし」

まるで責めるように拗《す》ねた口調で言われ、捷は目を剝《む》く。

「……は？　初対面って、『女子寮か』って言ったくせに、あれのどこに好意を見いだせって言うんだよ！　それに寮ではちょいちょい悪意を伝えられた記憶しかないよ！」

わかりにくいなんて生易《なまやさ》しいものじゃなかったのに、あんな態度で気づけるわけないし、好きだなんて絶対信じられない、と首を振ると、

「それは悪かったって前に謝っただろ。……それに、好きな相手の前だと、素直になれずに正反対のこと言ったりするもんじゃねえか、普通」

とわけのわからない主張をされる。

「……」

いや、普通じゃないだろ、と呆れ果てる。

小学生じゃあるまいし、そんな幼稚なことをされてもわかるかよ、とわめきたくなる。

ずっとすごく疎《うと》まれているとしか思えなかったと言いかけて、『好きの正反対』なことしか言えなかったという相手の主張を反芻《はんすう》すると、本当はものすごく好きだったという裏返しだったのかも、と頰が熱くなってくる。

嘘みたいだし、おまえ実は馬鹿なんじゃないのか、と叱りたいが、もし本当に相手が自分を好きなら、やっぱり嬉しいと思えてしまう。

常人には理解不能の意思表示しかできない相手を上目で見やり、捷は小さな声で問う。

「……それ、ほんとにほんとのことなのかよ……」

領家は目元を赤くした仏頂面《ぶっちょうづら》で頷き、開き直ったように白状を始めた。

「初対面でイラついたのも事実だけど、ほんとはひと目ぼれもしてた。意識しすぎて顔も見れなくて盗み見ることしかできなかったし、照れくさくて風呂も一緒に行けなかったし、先輩に懐いたり筈見《はずみ》を可愛がってるのもいちいち妬《や》いてたし、部屋にみんなが来ておまえと仲良くしてるのもむかつくから無視したり、悪態《あくたい》ついたりした。おまえに避けられたり睨まれたりすると『なんで複雑な男心がわかんねえんだよ、鈍感』ってむかついてまた毒吐いて、悪循環にはまってた」

「……」

信じられない告白に開いた口が塞《ふさ》がらなくなる。

どこの世界にひと目惚れしてひそかに好意を抱いている相手にあそこまで感じ悪く振る舞う奴がいるだろうか。

複雑な男心って、あんなのがわかる人がいたら連れてこいよ！　と言ってやりたい。

でも、たしかによく目が合ったし、猥褻《わいせつ》本で困ってたときは助けてくれたけど……と思い返していると、領家がまた暴露話を重ねる。

「自分のせいだけど、おまえには嫌われてると思ってたから、夏休みに帰省に誘われたときは、ほんとに嬉しかった。『誰からも好かれる人気者』って従子《よりこ》さんに言ったとき、『誰からも』の中に俺も入ってたし、おまえが寝過ごした朝、キスする寸前に起きちゃって死ぬほど残念だったし、濃いめの友情は感じてくれてるみたいで嬉しかったけど、もしそれ以上の恋愛感情は受け入れてもらえなかったら、姻戚《いんせき》になればずっと離れずにいられるかもって、茜ちゃんとのハイラーテン（結婚）も割と真剣に考えたし、」

「ちょっ、ダメだよ、茜と結婚なんて！」

全部初耳すぎて驚きすぎてこそばゆすぎる告白のどさくさにとんでもないことを言われ、捷は目を剝いて首を振る。

いくら生《お》い立《た》ちから素直になれない偏屈野郎に育ったとはいえ、恋心までねじくれすぎだし、叶わないときの素《す》っ頓狂《とんきょう》な方法まで考えて一緒にいたがるなんて、やっぱりこいつは可哀想なほど僕を好きなのかもしれない、とやっと実感して、胸が騒ぎだす。

取扱いが面倒で、思考回路がおかしい男なのに、好きだと言われてこんなに胸が高鳴って、すこし可愛いかもと思ってしまう自分も相当おかしい気がする。

もっとわかりやすい相手と恋をしたかったけれど、難解な原書並みの相手に惹《ひ》かれてしまったんだからしょうがない、と捷は吐息を零《こぼ》す。

「……えっと、大事な妹と、そんな不純な動機の男との結婚なんて兄として認められないし、……おまえみたいな奴につきあえるのはよっぽど寛大な心の持ち主じゃないとダメだし、おまえがこれからはちゃんと素直になるっていうなら……僕は心が広いほうだから、……リーベになってあげてもいいよ?」

生涯の友とリーベになるほど心が通い合うなら、それは素敵なことかもしれないと思えた。

照れを堪《こら》えて伝えると、領家はやや目を見開き、嬉しそうに笑った。

その笑顔にドキリと胸を震わせていると、そのまま瞳を覗きこまれる。

「……じゃあ、素直に初対面でほんとに言いたかったことを言うけど、初めておまえの目を見たとき、啄木《たくぼく》の歌に出てくる『世の中の明るさのみを吸ふごとき　黒き瞳』って、こういう綺麗な目のことをいうのかなって思った」

「……」

初めてまともに甘い言葉を告げられ、慣れない状況にうろたえて、捷は頬を染めて目を伏せる。

ただじっと見つめあうのが照れくさかっただけなのに、領家は勝手に都合よく解釈し、捷の背をドアに押しつけて唇を寄せてくる。

違う、キュッセンをねだって目を伏せたわけじゃないし、こんなところでしたら誰かに見られるかも、と内心焦るのに、近づいてくる唇の誘惑に抗《あらが》えず、捷は目を閉じてその瞬間を待っ

た。

燃ゆる頬

moyuru hoo

以前教わっていた独逸語《ドイツ》の家庭教師は、毎回授業で好きなものについて答えさせた。例えば「Wer ist Ihr lieblings Komponist?（好きな作曲家は誰ですか?）」とか、好きなウンターリヒト（授業）、シュパイゼ（料理）、ムジーク（音楽）、ブルーメ（花）、ヤーレスツァイト（季節）、ファルベ（色）などあれこれ質問し、理由も独逸語で述《の》べるよう求められた。おそらく好きなものの話題なら、他人行儀で無口な生徒もすこしは打ち解けて話すのではないかと期待したのかもしれない。

当時は人間不信の最たる時期で、好きなものなどひとつもなかったから、「別に」というのが正直な答えだったが、猫を被《かぶ》って相手が納得しそうな答えを口先だけ並べていた。

「セルゲイ・ラフマニノフが好きです。旋律《せんりつ》が繊細《せんさい》かつドラマチックなので」とか、「数学と独逸語です。数学は答えが明解なところがいいし、独逸語は『シャーデンフロイデ（人の不幸を喜ぶ気持ち）』とか『エーケルハフト（吐き気がするほど嫌な）』みたいな、日本的な発想ではあえて口に出さない感情も潔《いさぎよ》く言語化するところが興味深いので」とか、「うちのコッホ（コック）は腕が良くて、どれか一品を選ぶのは難しいので、先生が以前お土産にくださったアプフェルクーヘン（アップルパイ）にします。とても美味《おい》しかったので」などとしらじらしいことを冷めきった気持ちで答えたものだった。

本宅では食事どきに執事が正餐室《せいさんしつ》の電蓄《でんちく》にクラシックのレコードをかけるので、冒頭を聞けばすぐ曲名がわかる程度に知識は増えたが、胸に響いてくることはなかった。

父は食事中、次に学ばせることを一方的に命じるだけだったし、父が不在のときは、十六人掛けのテーブルの上席《じょうせき》から向けられる継母の侮蔑の視線と言葉を浴びながら食べなければならなかった。そんなときに聞く音楽に感動などできなかったし、どんなに金と手間暇かかった料理もどれも似たような孤独の味しかしなかった。

母と別れて以来、「嬉しい」「楽しい」「美味しい」「これが好きだ」と感じることはなくなり、胸に燻《くすぶ》るのは怒りと失意と憎悪だけだった。

きっとこの先なにを見ても心は石のように固まったままなのだろう、と早くも人生に倦《う》んでいた十六の春、青天の霹靂《へきれき》級の衝撃に見舞われた。

煌星《こうせい》学園天燈《てんとう》寮の入寮日、向こう三年は使用人たちに監視も密告もされずに自由を謳歌《おうか》できる、と脱獄に成功した囚人のような解放感を嚙みしめ、堂々と中庭で一服してから部屋に戻ると、さっきまでいなかった新顔がいた。

ほかの同室者たちとおしゃべりしていた相手は小鹿のような身ごなしでパッと立ち上がり、

「領家《りょうけ》くん、初めまして。文甲《ぶんこう》の鞍掛捷《くらかけしょう》です」とはきはきと言った。

こちらも標準装備の猫を被《かぶ》って「初めまして、文乙《ぶんおつ》の領家草介《そうすけ》です」と挨拶《あいさつ》するつもりだったのに、できなかった。

親しみとはにかみと好奇心の浮かぶ黒い瞳を見た瞬間、ぎゅっと前例のない強さで心臓が収縮し、息が止まって声が出せなかった。

突然激しい胸痛と動悸《どうき》と呼吸苦に襲われ、まさか隠れ煙草のしすぎで心臓発作でも起こしたんだろうか、と内心動揺する。

初対面でいきなり発作で倒れるなんて無様すぎる、とぐっと両脚に力を入れ、平静を装《よそお》って相手の顔を見返すと、『彼は優《すぐ》れて美なり』という鷗外《おうがい》の一節や、啄木《たくぼく》が初恋の女性を詠《よ》んだ短歌や、さっき上級生たちから聞き知ったばかりの『凄《すご》シャン』という煌学用語が頭に浮かんだ。

うっかり『男装の麗人』という言葉まで思い浮かび、いや待て、たしかにすごく綺麗な子だけど、ちゃんと制服を着てここにいる以上、女子ということはありえない、と急いで訂正する。

……でも、なんて綺麗な目なんだろう。まるで月の光のたゆとう夜の海のようだ、と柄にもないポエトリィな感想を抱く。

もしいま『好きな色は』と問われたら、迷わず『シュバルツ（黒）』と答えるだろうと思った。これまで色なんて、どどめ色でもなんでもいいと投げやりに思っていたが、いまは相手の瞳や睫《まつげ》を彩《いろど》る清らかな漆黒《しっこく》がすべての色彩の中でも最も美しい色に思える。

無表情に見惚《みと》れていると、

「僕の父は言語学者で、高女《こうじょ》で古文を教えています。父も煌星の出身なので、僕も憧《あこが》れて入りました。妹がひとりいて、趣味は映画を観ることです」

と彼はにこやかに続けた。

なんの変哲もない自己紹介なのに、ますます鼓動が速度を増し、さらに脳内にオーケストラの幻聴まで聞こえだす。

……なんだこれは……。何故いきなり『RHAPSODY ON A THEME OF PAGANINI《パガニーニの主題による狂詩曲》 variation18《第十八変奏》』が……、意味もなく思い出すほどラフマニノフなんか好きじゃないのに。

突然のロマンチックな曲調の幻聴《げんちょう》や、おさまらない動悸に困惑し、もしかして本宅で長らく抑圧《よくあつ》されすぎたせいで、神経が衰弱《すいじゃく》して精神に異常を来《きた》したのかも、と不安になっていると、

「一年間、仲良くしてもらえたら嬉しいです」

とにこっと笑みかけられ、鳴り響いていたラフマニノフが突如鳴り止《や》み、無音になった。

いつもの自分だったら、造作《ぞうさ》もなく「もちろん。こちらこそ、どうぞよろしく」とか「僕も映画は好きだから、今度一緒に行こうか」とか「一年と言わず、ずっと仲良くできたらいいね」などと、好感度の高い初対面の挨拶がそつなく言えるはずだった。

なのに、そのとき自分の口から飛び出したのは、「……女子寮かよ」という悪態《あくたい》だった。

心底そんな風に思っていなかったから、口が勝手に発した暴言に内心ぎょっと引き攣《つ》る。

平素どんなに嫌いな相手にも、不穏当《ふおんとう》な本音は封じて無難に振る舞う修行を積んできたのに、なぜ本心から『一緒に映画に行ったり、ずっと仲良くできたらいい』と思った相手に真逆の態度を取ってしまったのか、自分でもわからなかった。

「……え？」

相手もまさかそんなことを言われるとは思ってもいなかった表情で、目をぱちくりさせて聞き返してくる。

明らかに自分の失言で、「ごめん、違うんだ、そんなこと思ってないし、ちょっと緊張して言い間違えたみたいだ」と誤魔化したいのに、内心慌てふためくばかりで言葉が出てこない。

まずい、早く訂正しないと……、と焦《あせ》れば焦るほど舌が動かず、じっと相手に見つめられるとますます頭が真っ白になり、猫の被り方すら忘れてしまう。

そんな恐慌状態に陥《おちい》ったのは初めてで、混乱する脳から「こいつは危険だ」と警報が下る。

平常時の自分なら迂闊《うかつ》に失言などしないし、うまく回収もできずにおたおたするなんてありえないのに、きっと全部こいつが悪いに決まってる。

こいつを見た途端、動悸と幻聴に苛《さいな》まれて思考力が著《いちじる》しく低下した。ほかの人間の前でそんな無様なことになった例《ため》しはないし、おそらく身体に変調を来すほど、こいつのことが苦手で嫌いなのかもしれない。

たぶん、俺は生みの母に捨てられ、継母《ままはは》からも日々心理的虐待《ぎゃくたい》を蒙《こうむ》り、元々女全般に嫌悪感が強いから、こいつの女みたいな見てくれが神経に障《さわ》るのかも。

少しでも冷静になれば、とんだ言いがかりだと気づけたのに、その時はそれが正解に思えた。

……きっとそうに違いない。大体、女人禁制の男子寮に女子と見紛《みまご》う美麗な容姿で入寮し、周りのまともな煌星健児たちを幻惑するなんて充分非難に値《あたい》するし、『女子寮か』という言葉もあながち不当な失言ではない。

それに、自己紹介で真っ先に父親の話から始めたり、父親自慢が鼻につくし、『妹がひとりいる』と言ったときの声の調子も、さぞ猫っ可愛がりしてるんだろうという気配がびしびし感じられた。この世には家庭に恵まれない者も大勢いるんだから、まっとうな家で育った苦労知らずののんき面《づら》に苛立つ人間もいると知るべきだ。

本心では彼の醸《かも》し出す幸せな家庭で育《はぐ》まれたであろう健《すこ》やかさや品の良さに憧れや好感も覚えたのに、わざわざ胸の奥から羨《うらや》みや妬《ねた》ましさや反感をかき集めて焚《た》き付ける。

とにかく、俺の精神衛生上、こいつをそばに寄せつけないほうがいい。

もうすでにひどい悪態をついてしまったし、このまま突っぱねて遠ざけるのが得策だ。

短絡的に結論を出し、素《そ》っ気《け》なく拒絶の言葉を吐いた。

「たまたま同室になっただけの赤の他人と、仲良しごっこする必要性を感じてない」

言われた相手がどう思うかより、早く自分の中の混乱に収拾をつけたくて言い切ると、相手の瞳が見開かれ、きらめく夜の海がサッと翳《かげ》った。

それを目《ま》の当たりにしたら、家路を急ぐ善良な手代《てだい》を出会い頭《がしら》に袈裟懸《けさが》けにした辻斬《つじぎ》りの下手人《げしゅにん》みたいな気分になり、相手の視界から逃げるように自分の席に着く。

急いでレクラム文庫を開いても、まるで頭に入ってこなかった。

……あんな顔させるくらいなら、言わなきゃよかった……、とひそかに後悔する。

だが冗談だと取り消すには毒が強すぎ、間も空きすぎて、撤回もできずに悶々《もんもん》と文字を追う。しばらくしてから、チラ、と横目で窺うと、彼は同室のふたりとこれから始まる入寮式のことを話していた。

完全にこちらに背を向け、両肩をぴんといからせており、絶対振り向かないし、声もかけてほしくない、と後ろ姿に書いてあり、文庫本に目を戻しながら溜息を押し殺す。

……そりゃ、気を悪くしたに決まってるよな。寄せつけないためにわざとそうしたんだし……。けど、首尾よく遠ざけたのに、なんで自分まで袈裟懸けにされた気分なんだろう……。

あいつは俺の脳や心肺機能に異変を生じさせる危険な存在とはいえ、よく考えたら悪い異変だけじゃなかったのに。あいつに「領家くん」と呼ばれたとき、ずっと名乗るのも不快だった苗字が不思議に悪くない響きに聞こえたし……別に避けずに友達になってもよかったのに、なんで早まって嫌いで苦手だなんて決めつけてしまったんだろう……。

本を睨みながら自問していると、入寮式の時間になる。全寮総代《そうだい》の数時間に及ぶ演説の間、ほとんど話も聞かずにひたすら彼について思いをめぐらせた。

……「目は心を映す鏡」というから、きっとあいつは明るくて真っ直《ます》ぐで澄んだ心の持ち主なんだろう。そういう人間を友に持つのは悪いことではないし、そもそも同じ部屋なのに避けるなんて最初から無理があったし、この式が終わったら、ちゃんと失言を訂正して謝って、円満な関係構築を図《はか》ろう。俺は通常仕様なら、爽《さわ》やかな好男子のふりは得意だし。

長い入寮式が済んで講堂を出ると、ぞろぞろと食堂へ向かう新入生の群れの中に、前方に駆けだす彼の姿を認めた。

身長の高低や体格の相違はあるが、みな同じような黒い制服なのに、彼の姿だけが周りから浮き上がるように目に飛び込んできて、また鼓動が大きく跳ねた。同時にフリッツ・クライスラーの『愛の喜び』の幻聴が聞こえだす。

……だから一体なんなんだ、この原因不明の動悸と幻聴は……と眉を寄せて首を捻《ひね》る。

なんであいつを見てこんな浮かれた曲調の幻聴なんか……、あいつとは友達にはなりたいけど、別に愛なんか感じてないのに。

伝統的に高校の寮には少年愛が一部見受けられるらしいが、俺には関係ないし。女も嫌いだけど、男も好きじゃないし、俺の醒《さ》めきった心にそういう浮《うわ》ついた感情が芽生《めば》えるわけがない。

それに性別云々《うんぬん》の前に、あいつとは出会ったばかりだし。……よく物語の中ではひと目で恋に落ちることもあるけど、「きゅんと胸が震えた」ならともかく、俺の場合「ぎゅっと胸が激痛に襲われて死にかけた」から、まったく当てはまらない。

首を振って軽快な幻聴を頭から払いのけ、前を歩く生徒の間を縫《ぬ》って彼の背後に近づくと、

「あの領家って人、ふたりにもあんな憎たらしい態度だったんですか?」と憤懣《ふんまん》やる方ない口調で栃折《とちおり》と筈見《はずみ》に問いただしている声が耳に届いた。

自分の名にハッとして、伸ばしかけていた手を止める。

「そんなことはなかったけど」と答えるふたりに、「『友達になる気はない』とか『女子寮か』なんて、すごい腹立つ」「あれが冗談だとしたら、最悪に冗談の趣味悪すぎる」と憤慨《ふんがい》しており、ふたりから宥《なだ》められても聞く耳も持たずに反論していた。

その様子からは、もうなにを言っても手遅れで、謝罪を受け入れてくれる余地があるようには見えなかった。

謝ろうにも謝れなくなり、唇を引き結んでその場から離れる。

それだけ怒らせるようなことを自分が言ったせいだが、もはや友好関係は結べそうにないと思ったら、バッハの『トッカータとフーガ』が脳裏《のうり》に谺《こだま》した。

……なんだよ、この重苦しい幻聴は。別にこんな曲が聞こえてくるほどショックなんか受けてねえし。もう謝っても無駄なら、死んでも謝らねえ。あいつと親しくなったところで、しょっちゅう心臓発作で苦悶する羽目になるし、そんな命の危険を冒《おか》してまでつきあわなくていい。『友達になる気はない』なんてひと言も言ってないのに勝手に意訳しやがって。誰だって過失を犯すことはあるんだから、軽い失言くらい寛大に聞き流してくれたっていいじゃねえか。人のうっかりミスも許せないような器《うつわ》の小さい奴に嫌われたって、別に屁《へ》でもねえよ。

己の器の小ささを棚に上げ、過失の程度を過小申告しながらべらんめえ調で断じる。

その実ひどく消沈《しょうちん》している自分を認めたくなくて、歓迎夕食会の間、ひたすら無言で食べ続けた。

家では感情を露《あら》わにすると実害を蒙るので自制していたが、いまは暗く澱《よど》む気分を隠す気力もなく仏頂面《ぶっちょうづら》で食べていると、周りの生徒にも給仕係にも遠巻きにされるだけで咎《とが》められなかった。ここでは取《と》り繕《つくろ》わずに素でいても放置してもらえるんだ、と目から鱗《うろこ》が落ちる。

これまでは生き延びるために仕方なく上辺を装っていたが、もうここではそんな不毛な労力は一切放棄して楽に生きてやると心に決める。

鞍掛捷に会うまでは、一応寮や学校でも無難に好男子を演じるつもりだったが、一番親しくなりたいような気がする相手にすでに疎《うと》まれてしまい、もうほかの人間にどう思われようがどうでもよくなった。

最後まで仏頂面を貫いて夕食会を終え、五号室に戻ってからも彼のことは完全に無視した。どうせ仲良くなれないなら徹底的に嫌われてやる、とやけっぱちな方向につっ走る。

彼が同室の枥折や筈見と和気藹々《あいあい》馴染んでいる様子を見ると、自分もこうなりたかったのに、と強い失意と羨望《せんぼう》で表情筋が硬直し、相手に敵意を向けられると落胆と悲憤《ひふん》で余計態度に棘《とげ》と毒が増した。

さすがにこれはよくない、次こそまともな態度を取ろうと思っても、彼の吸い込まれそうな瞳を見ると頭が正常に機能しなくなり、懲《こ》りずに愚行《ぐこう》を繰り返してしまう。

いっそ部屋替えを願い出たほうが双方に平和かもと思ったが、こちらを睨んでこないときの相手をひそかに盗み見られなくなるのは惜しい気がした。

面と向かうとろくなことが言えないが、こっそり気づかれないように勉強中の彼を窺い、長い睫や形のいい鼻筋から頤《おとがい》までの完璧なラインや、声を出さずに唇だけ小さく動かして教科書を読む癖や、絵筆でそっと色を乗せたような耳たぶの尖端のローゼンファルベ（薔薇色《ばらいろ》）の色合いを眺めていると、フランツ・リストの『愛の夢』の優美な幻聴が聞こえてくる。

……この支離滅裂で不可解な感情の揺らぎは、あらゆる角度から原因究明を試《こころ》みた結果、どうやら「恋」が一番疑わしい気がする……。

俗に恋は病《やまい》だというし、あいつを見るとおかしくなるのも、動悸も幻聴も、本音と裏腹の意地悪しか言えないのも、全部恋の病による諸症状だとすれば説明がつく。

俺はこれまで好きなものなんてなにひとつなかったし、誰のことも好きじゃなかったが、あいつのことは、最初に胸が「きゅん」じゃなく「ぎゅううう」と締めつけられて死にかけたときから、ひとめ惚れしてたのかもしれない……。

ようやく認めたときには、もう取り返しがつかないところまで関係に罅《ひび》が入っていた。

すべて自分が犯した失策のせいなので誰を責めることもできず、フレデリック・ショパンの『葬送行進曲』の幻聴を聞きながらひそかに打ちひしがれる。

寮では初日から一切猫を被るのをやめていたから、無理に作り笑いをしなくて済むことだけが救いだったが、叶わないとわかっていても消えない想いをどこかに吐きだしたくて、手帳に記《しる》すことにした。

ただ、寮は他人の鍵付き日記帳でも平気で壊して勝手に読むような野蛮人《やばんじん》たちの巣窟《そうくつ》なので、もしうっかり誰かに読まれても自分以外解読できないようにすべて暗号で記した。

相手のことを指す隠語は、イニシャルの「S.K」や独逸語で「鞍《くら》」を示す「Sattel」だとすぐバレそうなので、すこし捻《ひね》って「くら」という音繋がりで「Klavier《クラヴィーア》（ピアノ）」にした。まめに洗濯をする彼から石鹸《せっけん》が香ったときは、「Klavier　S・G・D」（seife 石鹸、gut いい、duften 匂いがする）とか、自分の分まで布団を干してくれた日には、「Klavier　B・T・F」（Bettdecke 布団、trocknen 干す、froh 嬉しい）とか、ほかの寮生に囲まれて楽しげに駄弁《だべ》っているときは、「Klavier　J・A・L・S・N」（Jedermanns Freund 八方美人、aber しかし、lachen 笑う、Stimme 声、niedlich 可愛い）などと単語の頭文字を書きつけた。

手帳には正直な気持ちを吐露《とろ》できたが、相変わらず本人を前にするとなぜか自動的に罵倒《ばとう》が口から出てしまう悪癖《あくへき》を直せなかった。

本心は違うのに、なぜ素直に言えないんだろう、と懊悩《おうのう》し、「目は心を映す鏡」だから、眼差しで想いを伝えようと試みてみた。目が合うたびに「好きだぞ」と念を送ってみたが、つい照れて自分から逸《そ》らしてしまったり、相手もこちらの熱い視線の意味を正しく解釈してくれず、怪訝そうに眉を顰《ひそ》めたり、キッと睨み返されたりしてうまく伝わらず、もどかしい思いをするばかりだった。

彼はチューターの荊木《いばらき》を筆頭に、いかがわしい写真集をダシに接近する文甲の級長など複数から好意を寄せられていたが、恐るべき鈍感さと幼さでまったく狙われていることに気づいていなかった。

特にツッカーなどと命名して手懐《てなず》けている荊木が一番の強敵だったが、本人がまるで恋愛に疎く、無邪気に慕《した》っているだけなので、この分なら荊木の独り相撲《ずもう》に終わるだろうと踏んだ。

荊木のことはほかの虫を退治してくれるハエ取り紙として様子見を続け、自分も彼目当ての虫が五号室に来にくくするために、剣呑《けんのん》で無愛想で横柄《おうへい》な態度に磨《みが》きをかけた。

ほかの寮生みんなとフロイントシャフト（友情）を築いている彼に、自分ひとりが目の敵《かたき》にされているという事実は辛《つら》く淋しく屈辱的だった。が、その他大勢とは一線を画《かく》す唯一無二の特別待遇だ、と負け惜しみを唱えて乗り切った一学期の最終日、膠着《こうちゃく》状態に変化が起きた。

せっかくの夏季休暇にむざむざ牢獄に戻る気は毛頭《もうとう》なかったから、家には心のこもらない挨拶状だけ送り、終業式のあと図書室でみんなが帰宅するのを待ち、頃合いを見計らって無人の五号室に向かった。

直接告白することは叶わないが、こっそり彼の机の内側に「Klavier」のKと草介のSを入れた相合傘を彫りつけ、夏休み明けに相手が知らずにそこで勉強しているのを見て自己満足に浸《ひた》ろうと子供じみた計画を立てた。

ポケットナイフを忍ばせて図書室の本を片手に部屋に戻ると、当の本人と鉢合《はちあ》わせた。

「……っ」

渡嘉敷《とかしき》の殺人体育でまともな煌学生なら絶対しないズルをやらかし、彼がまんまと鬼の罰則を喰らったことは知っていたが、時間的にとっくに終わらせて帰ったと思っていた。

普段は極力見ないように努めている着替え中の相手を直視してしまい、動揺のあまりハチャトゥリアンの『剣《つるぎ》の舞』が頭の中を駆け巡る。

「なんだよ、びっくりさせるなよ」と喧々《けんけん》文句を言う相手に、「そっちこそ。早く帰れよ」とつっけんどんに返しながら自分の席に着き、狼狽を押し隠して本を開く。

相合傘を彫りに来たと悟《さと》られないよう無表情に哲学書に目を落としながら、脳裏に焼き付く下着一枚の半裸の残像や、背後で着替える衣擦《きぬず》れの気配にドキドキ鼓動を走らせる。

まだ帰らないのかと不思議がられ、そわそわと落ち着かないまま帰省しないことを告げると、しばし黙って帰り支度をしていた彼が「……あのさ、一緒にうちに来る？」と信じられないことを言った。

何度か脳内で反芻《はんすう》し、危うく「ええっ⁉」と椅子を蹴《け》り飛ばしそうになる。

まさか、さっきから一連の夢か幻のような展開は本当に夢か幻で、振り返った途端消えてしまうのでは……、と疑いながらのろのろと背後を窺う。

以前一度だけ猥褻《わいせつ》本の件で困っていたのを庇《かば》ったことはあるが、それ以外は自分でも他人にされたら許しがたいクソ対応しかできず、相手にフロイントシャフトを抱かれていないのは明白だったし、夢でもない限り友好的な提案をされるはずがないと思った。

だが振り向いても彼はちゃんとそこにおり、自分のように思ってもいないことを天邪鬼《あまのじゃく》に口走った様子ではなかった。

本気で虫の好かない犬猿《けんえん》の仲の同室者を放っておけずに声をかけてくれたらしく、改めて相手の度量の大きさや優しい心根に打たれる。

言葉もなくじっと見つめていたら、バッハの『主《しゅ》よ、人の望みの喜びよ』と、モーツァルトの『フィガロの結婚』序曲と、ベートーベンの『交響曲第九番』の『歓喜の歌』の幻聴が同時に耳元で鳴り響き、自分は今ものすごく嬉しくて浮かれているんだ、と思い知る。

「ありがとう、是非お邪魔させてほしい」と言いたかったのに、自動的に「暇つぶしに行ってやってもいい」という極悪な返事が口から出てしまったが、律儀《りちぎ》で人のいい彼は顔をひくつかせながらも「じゃあ来んな！」と撤回《てっかい》せずに自宅に連れて行ってくれた。

まさか相手と夏休みを一緒に過ごせるなんて夢にも思っていなかったから、早く手帳の今日の頁をグリュック（幸福）のGとヴンダー（奇跡）のWで埋め尽くしたくてうずうずした。

道すがら、彼は狭くて小さい庶民の家だと言っていたが、鞍掛家はどんな王宮よりも素敵な場所に思えた。

昔住んでいた谷中《やなか》の家に似ていたし、なにより久しく忘れていた家族のぬくもりがあった。

母親の従子《よりこ》さんは、年の離れた姉弟《きょうだい》と言っても通るほど若々しく、顔が息子にそっくりだったのでひと目で気に入った。

「母は行儀にうるさいから気をつけろ」と忠告した本人が、夕飯の支度のいい匂いにつられて鍋からお玉で直《じか》飲みして小言を喰らっているのを笑いを堪《こら》えて見ていたら、「草介くんにはうちの御御御付《おみおつ》け、味が薄く感じるかしら？　ちょっと飲んでみて？」と味見の小皿を差し出された。そんな身内めいた仕草をされるのは胸が痛むほど久しぶりで、「こんな美味しいお味噌汁、飲んだことないです」と心から言えたし、この家で食べるものはすべて幸せの味がした。

妹の茜《あかね》ちゃんも面差《おもざ》しが兄に似ており、この子には絶対にしくじらずに懐かれたいと思った。小さな女の子となにを話したらいいか戸惑ったのは最初だけで、彼女は大人顔負けのおしゃべり上手だったし、大事なものでいっぱいの宝箱を見せてくれ、千代紙《ちよがみ》の姉様《あねさま》人形や麦酒瓶《ビールびん》の王冠や顔や手足のついた松ぼっくりやキャンディの包み紙の綺麗なセロファンや家族写真など、それぞれの宝物の由来を聞いていているだけで可愛くて笑みが止まらなかった。

学者で教師の弦彦《つるひこ》氏もあたたかな人柄で、広い学識とユーモアがあり、晩酌《ばんしゃく》をしながら古代朝鮮語にまつわる面白い話をしてくれたり、高校時代、家業が傾いて経済的理由で中退を覚悟したとき、それまであまり話したことのなかった級友が黙ってムスケル・アルバイト（肉体労働）して稼《かせ》いだ金を「学費の足しに」と全額差し出してくれ、その級友とは無二の親友になった話や、試験のヤマが外れたときに苦肉の策で書いた珍回答の話など、いつまでも聞いていたいほど楽しくて、こんな先生に教わってみたいと思ったし、こんな人が自分の父親だったらどんなにかと思わずにはいられなかった。

寮での態度と違いすぎる好男子ぶりに鞍掛家の息子だけがしばらく訝《いぶか》しんでいたが、この一家の前ではわざわざ猫を被らなくても自然に感じよく振る舞えた。

居候の礼儀として水汲《く》みや買い出しの荷物持ちなど力仕事を進んで手伝ったが、昔母と二人で暮らしていた頃、自分が唯一の男手だからと張り切って手伝いをしていたことを思い出し、すこしの切なさと、久しぶりに家の手伝いをして笑顔でねぎらわれる喜びも味わえた。

ヒンメル（天国）のような鞍掛家の居候生活で、唯一ヘレ（地獄）を味わうのが夜の時間帯だった。

相手の部屋で床《とこ》を並べて眠るのは、舞い上がりそうにときめく反面、苦行《くぎょう》でもあった。

寮で寝るときは部屋の両端にわかれ、押し入れから戻ってきた筈見と栃折を挟んでいるので、栃折のいびきや筈見の寝言がうるさくて彼の寝息も聞こえず、よからぬ妄想に耽《ふけ》るのに不向きな環境だった。

が、いまはひとつ蚊帳《かや》の中で手を伸ばせば触れられる距離にいるのに、なにも知らずに眠る相手に欲望のまま触れることは叶わず、夜は自制心を試される試練の時間だった。

あるとき、普段は寝つきも寝起きもいい彼が朝になっても起きないことがあった。

じっと寝顔を眺めていると、ドビュッシーの『月の光』の幻聴が静かに流れてくる。

起きているときに相手が自分に向ける表情は、大抵目を剝いて驚いたり、口を尖《とが》らせて膨《ふく》れたり、唾《つば》を飛ばしてわめいたり、顔を盛大に歪《ゆが》めて呆れ返ったり、せっかくの美貌《びぼう》が台無しの残念な表情が多かったが、寝顔はこの上なく優美だった。

曲名からの連想で、啄木の『夏の月は窓をすべりて盗むごと人の寝顔に口づけにける』という短歌を思い出す。

うっすら開いた唇から静かに呼気《こき》と吸気《きゅうき》が出入りする美しい寝顔を見ていたら、自分が夏の月になりたくてたまらなくなった。

以前筈見たちとの会話を盗み聞き、彼にはまだ接吻《せっぷん》の経験がないことは知っている。

でも眠っている間のキュッセンなら相手の記憶には残らないし、ひそかにファーストキスを奪っても許されるはずだ、と勝手にこじつけ、決行を決意する。

相手と呼吸のリズムを揃え、音を立てないようにそろりとにじり寄る。

「……鞍掛」と小声で呼びかけても、軽く浴衣《ゆかた》の袖《そで》を引いても瞼《まぶた》の下の瞳は動かず、たぶんすぐには起きないだろうと判断してそっと唇を寄せる。

息を止めて近づけた自分の唇に彼の吐息が触れ、あとすこしで直《じか》に触れられるという刹那《せつな》、ふわりと羽のように相手の睫が揺れ、至近距離で視線が絡んだ。

「ちょっ、なんだよっ！」と仰天顔《ぎょうてん》でわめかれ、こちらも「おまえこそ、なんで起きんだよ！」と責めたかったが、なんとか動揺を押し隠して身を離す。

あまりに無念すぎて「死んでんじゃねえかと思って確かめてたんだよ」というひどい言い訳しか咄嗟《とっさ》に出てこなかった。

もう一回寝る、とぷいと夏掛けにもぐった相手を見おろし、失敗に終わったキュッセンの代わりに「起きたら映画でも行かないか」と起こした詫《わ》びにかこつけて誘うと、彼が妙なことを言った。

リーベと行かなくていいのかと問われ、なんのことかと思ったら、手帳に挟んでいた母の写真を見て勘違いしたらしく、手帳を見られたということは、連日のクラヴィーアの記述まで見られたかも、と顔色を失う。

幸い相手は写真だけしか見ていないようだったし、よく考えたら、自分で手帳を見直してもたまになにを書いたかわからないこともある暗号文なので、もし見られてもあれが片恋日記だとは気づかれないはずだ、と自分に言い聞かせてひと安心する。

自分がリーベにしたいのは彼だけで、ほかに女なんていないのに変な誤解をされたままでは不本意なので、あれは母の写真だと本当のことを話した。

偶然見られたとはいえ、いままで誰にも話したことのない生母の存在を話したら、もっと自分について知ってほしくなった。

同じくらい知られたくない気持ちもあったが、きっと相手は人の行いで好悪《こうお》を決めることはあっても、出自《しゅつじ》で決めることはないような気がして、勇気を出して妾腹《しょうふく》であることや、生母と生き別れたこと、血や法的に繋がる家族はいても心の通う家族はいないこと、将来のどす黒い展望など、ずっと独りで抱えてきた胸の澱《おり》を打ち明けた。

生まれ育ちは選べないのに、継母や使用人だけでなく、中学の同級生にもどこぞで聞き知ってきて見下す輩《やから》はいた。不愉快だったが、嫌なら何も言わせないくらいの力を手に入れるしかなく、自分の価値はそいつらに決める権利はないと胸の中で唱《とな》えてやり過ごしてきた。

いけ好かない奴らになにを言われても無視できたが、彼にだけは否定されたくなくて、どんな反応が返ってくるか身構えながら待っていると、相手は言葉ではなにも語らなかった。

ただ黙って聞いてくれ、じっとこちらを見つめる眼差しで「自分は味方だ」と伝えてくれた。

相手の目の中の静かな海は、自分の生まれも、母への恨みも今の両親に抱く憎しみも、孤独な胸のうちも、すべて本物の海のように広く深く受け止めてくれたように見えた。

否定したり正したり憐れんだりせず、ただそのまま理解しようとしてくれたことが嬉しくて、そんな相手に自分はいままでどんな仕打ちをしてきたか改めて悔やまれた。

これまでの無礼な行状《ぎょうじょう》を詫びると、彼はそこまで驚くかというほどあんぐりし、急に目の前に突進してきて頭を撫で回された。

本当は嬉しかったが、「なにがしたいんだ」と口元を引き締めながら問うと、「その、ちゃんと謝れたから、つい……いつも茜にしてるから」とあわあわ弁解する顔が可愛くて、「ありがとう、おにいちゃま」と必死ににやけを堪えて茜ちゃんの口真似をした。

その日から、彼は自分にもフロイントシャフトを示してくれるようになった。

思い切って自己開示してよかったと思う一方で、友人としての親密さが増せば増すほど自分の中の恋情も加速度的に増してしまい、ただの喧嘩友達のままでいたほうが楽だったかもしれない、とも思った。

夏休みの半《なか》ば、蚊帳の中で宿題をしている彼の横顔を文庫本越しに見ていたら、急に振り向かれてドキッと慌てていると、「一緒におまえの母親探しをしよう」と意気込んで告げられた。

「……いいよ、別に」と答えたのは天邪鬼ではなく本心で、もし母が自分の知らない男と再婚して子供を産んで新しい家族と幸せに暮らしているなら、不幸でいるよりはマシだが、そんな姿をわざわざ見せてもらわなくてもいい、と思った。

九歳までは母ひとり子ひとりで溺愛《できあい》と言ってもいい愛情を受けていたのに、父の元に引き取られることはなにひとつ事前に話してくれず、勝手に決められてしまった。

もし聞いていたら「絶対に行かない」と徹底抗戦して、迎えが来る日にどこかに隠れたりしたはずだから、それを見越して伏せていたのだろうが、「さよなら」も「元気で」もなく別れる羽目になり、父から「野枝《のえ》のことは忘れなさい。二度と会わせないし、あれも了承している」と告げられたときの胸から血が噴き出そうな悲しみや、その後の辛い日々は、今頃「ごめんね、あの時はああするしかなかったの」などと言われても、とても納得できるものではなかった。

なのに、彼は「ちゃんと会って話したほうがいい。見つかるまで何度でもつきあうから」とすんなり退《ひ》かずにねばってくる。

自力で母を探そうとして無駄だったときから半ば諦めていたし、もし会えても恨み言しか出そうもなく、彼にそんな女々しい自分を見せたくなくて気は進まなかったが、一緒に旅することと自体はときめく提案だったし、もし本当に母が見つかったら、元気なのかどうか遠目からちらっと見るくらいなら、別にしてもいいかもしれない、と提案に乗ることにした。

母の生まれ故郷の静岡に着くと、彼は自分の身内でも探すかのような熱心さで精力的に訊き回ってくれ、なんでおまえがそこまで、と思いつつ、相手の厚い友情が熱く胸に沁《し》みた。

このままずっと手がかりが見つからなくてもいいから、こうしてふたりでフリッターヴォッヘン（新婚旅行）のような旅を続けられたら、とひそかに思っていたとき、母を知っているという人物が偶然居合わせ、随分前にルンゲ（肺）を患《わずら》って他界していたと聞かされた。

さすがにショックはゼロではなかったが、もう長らく会っていなかったせいもあってか、意外に冷静に事実を受け止められた。

母が逝《い》ったのは自分を捨ててまもなくのことだと知り、天罰だと思った。最期《さいご》まで悔やみ続けてくれたなら、あとから自分も行く場所でもう一度会えたら、「だから、あのとき捨てなきゃよかっただろ」とひと言だけ文句を言って許してやれると思った。

母がこの世のどこかで新しい家族と共に生きているより、エゴイストかもしれないが、自分だけの母のままあの世にいてくれるほうが自分にとってはマシな気がした。

それに、どうせいつか真実を知るなら、ひとりで受け止めるより、いま彼と一緒にいるときに聞けてよかったと思った。

一緒にいてくれたから取り乱さずに済んだし、心強かったと感謝しているくらいなのに、彼は自分のお節介《せっかい》のせいで傷つけてしまった、とひどく済まながった。

別に平気だと言ったのに、自分よりも母の死を悼《いた》んでしょげている相手と一緒に歩いていたら、もう本当に母はいないんだ、とじわじわと喪失感が胸底から滲《にじ》みだしてきた。

墓参りはまだ行く気になれないが、このままあっさり東京行きの汽車に乗らずに、もうすこしだけ母が眠る地に留まって心の中で弔《とむら》いたくなった。

元々数日泊まる予定だったたし、一日歩いて相手も疲れただろうから、今夜は泊まっていかないか、と言うと同意してくれたので、駅前の旅館に部屋を頼んだ。

決してあわよくばという下心で誘ったわけではないが、夕食中に芸妓《げいぎ》が現れたあたりから雲行きがおかしくなった。

ほかの泊まり客に色を売りに来た女が馴れ馴れしく「学生さん、お相手しましょうか?」と彼にしなだれかかるのを目《ま》の当たりにし、女の顔めがけて茶碗を投げつけたい衝動を堪えるのに努力が必要だった。

奥手な彼は即答で断ったのでホッとしたが、いまはまだ恋愛や色欲とは無縁でも、そのうち自分ではないリーベやフラウとベガッテン（性交）する日が来る、と思い知らされる。

相手がほかの誰かと結ばれるなんて考えるだけで耐えがたかった。でもそれが現実で、自分と結ばれることはありえない。

初恋も未経験の彼は、恋愛と言えば可愛いメッチェンとするままごとのような恋を思い浮かべる純情無垢《むく》なタイプで、同性との肉欲も絡《から》む恋愛なんて思いもよらないに決まっている。

それにずっと天敵のように疎んじられていた身から、ようやく親しい友に昇格できたのに、実は熱烈に恋していると打ち明けたら、また相手を引かせるだけで、リーベどころか下手をすれば友情すら壊れてしまうかもしれない。

この報《むく》われない恋は、純粋な友情だけを残して昇華するのを待つしかないんだ、と沈んだ気持ちで風呂上がりに話をしていたら、相手は母のことで悲しんでいると思い込み、「意地を張らずに泣きなよ。僕も一緒に泣いてやるから」といきなり胸に抱きしめられた。

「……！」

まさかの抱擁《ほうよう》に、初対面のときより心臓がめちゃくちゃに暴れる。

脈が測定不能なほどの驚きと、相手の思いやりが沁みるのと、密着した体勢にときめくのと、下半身がまずいことになりそうで焦るのと、でも一秒でも長くこうしていたい気持ちと、一挙にいろんな感情が押し寄せて頭と胸が破裂しそうだった。

彼は幼子にするようにとんとんと頭や背中を撫でてくれながら、「お母さんはおまえを捨てたわけじゃない。誰よりも想ってたから身を引いたんだ」と懸命に慰めてくれた。

いまそんな清らかなことを言われても、と若干戸惑いつつ、真情のこもった言葉を聞いているうちに、相手の優しさに癒《いや》されて邪《よこしま》な毒気が浄化される。

あやすような手つきが心地よくて目を閉じると、遠い昔、少女のように若く美しい母の胸に抱かれて、「草ちゃんは本当にいい子ね。草ちゃんのお母さんになれてよかったって毎日思ってるの。お母さんは草ちゃんが大好きよ」と優しく言われた記憶が蘇《よみがえ》る。

いままではそれを思い出すたびに、「そんなこと言って、捨てたじゃねえか。ほんとは無理矢理孕《はら》まされて産んだ子なんか、本気で愛せなかったから簡単に手放せたんじゃねえの」と母の幻影に毒づいたが、いまなら素直に「俺だって母さんのことが大好きだよ」と昔と同じ返事ができそうな気がした。

そんな風に思えたのはおまえのおかげだ、と思いながら相手の胸に身を預けていると、「お母さんはおまえの幸せを願ってた。だからおまえもちゃんと幸せになろうとしなきゃだめだよ」と諭《さと》され、俺が幸せになるには絶対におまえが必要だ、と言いたくても言えずに口を噤《つぐ》んだとき、隣室から男女のまぐわう気配が伝わってきた。

彼がぎょっと身を固くして、慌てて離れようとするのを咄嗟にすがりついて阻止《そし》する。

せっかく相手から抱きしめてくれた夢のようなひとときが、無粋《ぶすい》な芸妓と客のせいで強制終了なんてあんまりだと思った。

そのときは本当にまだ離れたくなかっただけで、不埒《ふらち》なことをするつもりなんかなかった。

頭の中ではさんざん彼とベガる妄想を繰り返してきたが、実際に手を出したらその時点で友情が終わるとわかっていたから、どんなにベガりたくてもおくびにも出してはいけないと肝に銘《めい》じてきた。

　こうして抱き合うだけでも予想外の幸運だったし、なるべく長くこのままでいたくて、相手に不審がられないように「おまえはどんな女が好きなんだよ」などと自虐的な問いかけをして会話を続ける。

　隣室の嬌声《きょうせい》など自分にはただの雑音に過ぎなかったが、うぶな彼には刺激が強すぎたようで、密着した胸からドッドッと速い鼓動が伝わり、もじもじ身じろぐ様子や上ずった声からも相当狼狽《うろた》えているのがわかった。

　もう寝たいから離してほしい、と身体の向きを変えながら訴えられ、その困りきった声音と、後ろを向いた相手の耳たぶが常より赤いことから、もしかしたら隣の声に煽《あお》られて劣情《れつじょう》を催《もよお》してしまったのでは、と気づいた。

　その瞬間、身体中の血がカッと一気に沸きたち、正しい判断を司《つかさど》る脳の部位が機能停止する。離せと言われたのに逆にきつく抱きしめ、片手を相手の前に伸ばす。

　浴衣の上から摑んだら、そこは確かに兆《きざ》していた。

　布越しに触れただけで、たまらなく興奮した。後ろから抱きしめた腕にも前を握った掌《てのひら》にも相手の震えや体温が伝わり、愛おしくてときめいて、どちらの手も離すなんて考えられなくなる。

　驚いて固まる相手にたどたどしく制止され、ハッと我に返ったのは一瞬だけで、すぐに直に触りたい衝動のまま彼の浴衣の合わせ目から下着の中に手を入れた。

「ちょっ、やめ……やだっ、領家……！」

彼は驚愕と困惑で泣きそうな声を出し、かぶりを振って嫌がった。

これ以上続けたら嫌われてしまう、と躊躇《ちゅうちょ》する自分を、「大丈夫。続けろ。友としてシュライベンを教えてやると言えばいい」ともうひとりの自分がメフィストフェレスのように唆《そそのか》し、行為をやめられなくした。

そんなこといらない、と拒《こば》まれても強引に相手の性器を摑んで撫で回し、気持ちよくて嫌がれないように技を駆使して駆り立てる。

「……ンッ……ぅんっ……はっ……」

慣れない相手は初めての手淫《しゅいん》の快感に抗えず、心では違ったとしても、身体は大人しく自分の手にゆだねてくれた。

「……んっ、く……う」

相手が自分の腕の中で羞恥《しゅうち》と快感に身を震わせている様や、必死に堪えながらも漏れる声に自分の劣情も硬く熱《いき》りたつ。

寮では遠くから眺めるだけだった耳たぶが目の前で濃く色づき、我慢できずに歯を立てる。

「あっ……！」

愛咬《あいこう》という行為も知らない相手の上げた声にさらに煽られ、今度はうなじに口づける。

それは自慰じゃないと咎《とが》められたらどうする、と思いつつも止められず、汗ばむうなじを強く吸うと、彼はびくっと大きく身を震わせて爆《は》ぜた。

自分の手が相手の放ったもので生あたたかく濡れるのを感じ、のぼせきった頭に一瞬理性が戻る。

……しまった……、こんなことは頭の中だけに留めておかなきゃいけなかったのに……。

うぶな相手を言いくるめて射精までさせたことに罪悪感を覚えた一瞬後、でもまだ全然触り足りないという強い飢餓感が罪悪感に取って代わる。

達したばかりの性器を摑み直し、精液まみれの手で再び弄《いじ》り出すと、余韻《よいん》に虚脱《きょだつ》していた彼はぎょっと焦って「もうやり方わかったから、手を離して」と自分の手を両手で外そうとした。

相手がまだまったく疑わずに自慰の伝授だと信じているとわかり、自分の中のメフィストがさらによからぬことを思いつく。

「じゃあ、ほんとにわかったなら、いま教えたみたいに、おまえも俺のに同じことやってみて」

即答で拒否されても仕方ないと思いつつ、触ってほしくてねだると、相手は「……え」と目を見開いて絶句した。

けれど、「ふざけんな！」とか「そんなこと出来るか！」という激しい拒絶がないのをいいことに、メフィスト化した自分が彼の手首を摑み、承諾も得ずに浴衣から剝き出した自分の性器を握らせる。

ひっと怯《ひる》みつつも、相手は手を引っ込めず、自分が上から押さえた手を外しても、おずおずと自《みずか》ら手を動かしてくれた。

「……う……」

呻《うめ》きを堪えるのが困難なほど興奮して、奥歯を嚙みしめながら相手の掌にさらにぐりぐり押しつける。

恥ずかしそうに真っ赤になり、でも嫌々やらされているという風でもなく、ちらちら手元を見ながら愛撫され、まさか現実の彼に手淫してもらえる日がくるとは、と信じられないほどの喜びと興奮で、あっという間に達してしまいそうになる。

でもまだ終わってしまうのが惜しくて、もっと相手に不埒なことがしたくてたまらず、自慰の別のやり方だと称して押し倒し、相手の性器に自分の屹立《きつりつ》を擦りつける。

「ひあっ……！」

きっとこの先こんな機会に恵まれることは二度とないだろうから、自慰という言い訳が通りそうなことはすべてしてしまおうとあくどい考えにとりつかれる。

相手は当然兜合《かぶとあ》わせも知らず、見開いた目を潤《うる》ませ、かぶりを振って狼狽えたが、熱い肉筒で裏筋を抉《えぐ》るたびに尖端から蜜《みつ》を溢れさせた。

実際に身を繋げるベガッテンは生涯叶わないから、せめて近い気持ちを味わえたら、と相手に跨《またが》って押しつけた腰を激しく揺らす。

性器をひとまとめに摑んで扱《しご》きながら、快感に悶《もだ》えて息を乱す唇を見下ろす。

いつか寝顔にしそこねたキュッセンを、いまこの場でしたくてしたくて気が狂いそうになる。

でも、これほど色事に疎い相手でも、さすがにキュッセンは自慰には入らないとわかるに決まっている。

いくらしたくても現実の相手にはしちゃいけない、と必死に我慢していると、下から物言いたげな瞳で見上げられ、相手の唇が震えながらかすかに尖《とが》った。

わずかに緩んだ唇から小さく舌が覗き、こくんと口の中に溜まった唾液を飲み込みながらじっと見つめられたら、もう誘われているとしか思えなかった。

何故自慰なのに接吻したのか問われたら、「好きだから、したくてした」と言うしかない、と覚悟を決めて彼の唇に唇を押し当てる。

ずっとしたかったキュッセンを実行に移したら、妄想のキスシーンで必ず流れるラフマニノフの『ピアノ協奏曲第二番』第二楽章のエレガントな幻聴は一音も聞こえてこなかった。

相手の本物の唇を味わうことに夢中で、ほかに気を取られている余裕なんかなかった。

突き飛ばされたり叩かれたりするかも、と身構えながらそっと触れ合わせていると、驚いて見開かれていた相手の瞳が徐々に閉じ、「ンッ……ンン」とまるで相手も望んでいたかのような喉声を漏らしてキスを受けてくれる。

深く口づけても強い拒絶はなかった。

舌と下半身を同時に絡め、このまま身体ごとシャムの森の奥の遺跡のように蔦《つた》に捲《ま》かれて何百年も絡み合っていられたら、と夢想しながら激しく身を擦り合わせる。

すぐにも絶頂を迎えそうな快楽を歯を食いしばって堪え、なんとか唇をほどいて、「……おまえの、自分でやってみて」と肩で息をしながら促《うなが》す。

これは自慰だと思わせるためと、終わりを引き延ばすための時間稼《かせ》ぎのつもりで命じると、羞恥に染まった顔で拙《つたな》く性器に指を絡める姿に脳が沸騰しそうに煽られ、射精寸前の勃起を相手の脚の間に有無《うむ》を言わさずねじ込む。

本当は一番内側に入りたいというのが至上の願いだったが、それに準じた行為で代償する。会陰《えいん》の奥まで何度も何度も怒張《どちょう》をなすりつけ、相手も自分と同じくらいおかしくなればいいと思いながら性器を扱き、唇を貪《むさぼ》る。

きつく舌を吸いながら彼の滑《なめ》らかな太腿《ふともも》の間で果てたとき、過去のどんな放出よりも満足感を覚えた。

出しきって深く息を吐いた後、はたと我に返って青ざめる。

……まずい……。やりすぎた……。

現実の彼には手を出さないという禁を大きく破り、「自慰の伝授」では済まないことをさんざんしてしまった。

おそるおそる自分の下にいる相手に目を落とすと、彼は二度も無理矢理吐精《とせい》させられた疲れと、昼間の疲れもあってか、気を失うように眠りに落ちていた。

浴衣はほとんどはだけ、下着もずり落ちたまま、ふたり分の白いもので下腹部を濡らした目に毒すぎる寝姿を見おろし、凝視《ぎょうし》したい衝動と戦いながら急いで身体を拭《ふ》き、着衣を整えて夏掛けをかける。

不埒なことをした形跡《けいせき》をすべて隠滅《いんめつ》してから自分の布団に俯《うつぶ》せ、バッと両腕で頭を抱える。

……まずい。絶対まずい。母のことで純粋に慰めようとしてくれた相手にあんな不届きな真似を……、いまは寝てるから確かめられないけど、内心すごく不快で不審に思ったかも……。

シュライベン流行《ばや》りの寮内で、まだしたことがない彼の稀少《きしょう》なうぶさを好ましく思っていたのに、そのうぶさにつけこんで……しかも普通の手淫だけならまだ嘘はついてないと主張できるが、あれは完全に猥褻《わいせつ》行為で、咎められたら言い逃れはできない。

いくら相手が鈍くても、さすがに接吻や素股《すまた》をするふたりで行う自慰なんておかしいと気づくだろうし、同意もなく友に淫《みだ》らな行為を強《し》いた卑劣漢《ひれつかん》と思っているかもしれない。

明日になって非難されたら、まず謝って、友達以上に好きだからやってしまったと白状すれば許されるだろうか。……でも告白したら、振られて友情も失う公算が高いからずっと隠してきたのに、この件の弁明のために恋心を打ち明ければ、結局失恋することになるのでは……。

アッハ、シュメルツ！　なんで色欲《しきよく》に負けてしまったんだろう。ずっと鞍掛家の二階での生殺しにも鉄の意志で耐えてきたのに。……くそう、あのお蝶《ちょう》とやらが隣でヒーヒー言いだささなければこんなことには……、いや、一番の敗因は俺の自制心がやわすぎたことだってわかってるけど……。

明日の朝、目を覚ました彼と顔を合わせるのが怖い。また以前のように厭《いと》われたくない。でも、自分が欲に駆られてしでかした失策なんだから、ちゃんと自分で収拾しなければ……。

悶々として一睡もできずに迎えた翌朝、緊張に強張る顔で寝起きの相手と対面すると、彼はうっすら顔を赤くして「……おはよう。もう起きてたんだ」と小さな声で言った。

昨夜の今朝で照れくさそうにしているが、性犯罪者を咎める目つきではなく、どうやら一晩経ってもまだあれが本当に自慰行為で、自分は普通にそれを教えた友人、という認識でいるらしいことが判明する。

……どうする。このままとぼけるか。相手のまれにみる純真さと鈍感さに乗っかって、『友人同士の教えっこ』で押し切れば、痴漢や変態と非難されずに済み、告白して振られて友情消滅の最悪のシナリオも回避できる。たぶん、相手はほかの級友たちと『こういうシュライベン、知ってる?』なんて猥談《わいだん》したり、ましてや実践するタイプじゃないから、このまま伏せておけば長い間真相を闇に葬《ほうむ》れるかもしれない。

……よし。卑怯だが、それでいこう。

そう心に決め、平静を装って話しかけようとしたら、朝日の明るい光の中で見る相手が常よりさらに眩《まぶ》しく感じられ、急に猛烈な照れくささが込み上げてきた。

こんなに好きな相手と、昨夜本当にあんなことやこんなことを……といろいろ思い出して悶絶しそうになっていると、彼は赤らんだ顔で浴衣の襟元に触れながら俯きがちに言った。

「……えっと、これ、おまえがちゃんと着せてくれた、のかな……。僕、あのあと、いつのまにか寝ちゃったみたいで……」

その恥じらう表情にも、脳裏に蘇る昨夜の艶《なま》めかしい寝姿の残像にもカッと身体が熱くなる。でも友情存続のためには絶対にこんな邪心《じゃしん》に気づかれてはならない、と必死に自制し、

「……ああ」と短く答えながら急いで宿の布団を畳《たた》み、制服に着替える。

朝食を摂《と》りに食堂へ下りても、箸《はし》を運ぶ彼の口元や、「魚美味しいね」などと話しかけてくる口元につい目が引き寄せられ、この唇とキュッセンしたんだ、とまたカッと赤面しそうになり、慌てて目を逸らして「……ああ」と答えるのがやっとだった。

汽車の中でも隣に座る相手が車窓《しゃそう》から外を眺める横顔に、この耳たぶを噛んだんだ、などといちいち思い出してカッと火照《ほて》ってしまい、こちらを向かれると照れくさくて急いで文庫本を読むふりをした。

このまま鞍掛家に戻ったら、きっとおかしな態度を続けて不審がられてしまう、と危惧《きぐ》する。ひとまず一旦距離を置いて、頭を冷やす時間を確保すれば、彼を直視しても行為をまざまざと思い浮かべて赤面したり挙動不審にならずに済むかもしれない。

あと半月、寮に戻って平常心を取り戻し、休み明けには爽《さわ》やかな友人面ができるようにして

おくのが上策《じょうさく》かもしれない、と方針を決め、鞍掛家で過ごす休日を涙を呑んで諦めた。

夏休みの残りの日々は、ほぼ読書三昧《ざんまい》で過ごした。

ひねもす寮の部屋や近くの加治木《かじき》川の土手に寝っ転がり、小難しい哲学書や般若心経《はんにゃしんぎょう》など、煩悩《ぼんのう》を鎮《しず》めてくれそうな本を片っ端から読み漁《あさ》ったが、夜見るのは彼の夢ばかりだった。

「……般若心経、全然効果ねえな」と独りごちながら彼の机の内側に相合傘を彫り、手帳にも「クラヴィーアが好きだ」と繰り返し書き散らす。

夏休みが終わりに近づいてもなかなか煩悩は薄まらなかったが、長年培《つちか》った猫被りの実力を今度こそ発揮《はっき》すれば、休み明けに彼に会ったとき、「やあ、鞍掛。休み中は本当にお世話になったね。いろいろありがとう。その後、どうしてた？　茜ちゃんやご両親はお変わりないかな」ぐらいの猫は楽勝で被れるに違いない、と思っていたのに、いざ本物の相手に「領家、久しぶり。ちゃんとご飯食べてた？」とまばゆい笑顔を向けられたら、脳と舌がまるで動かず「……おう」としか言えなかった。

冷却期間を置いたのはむしろ逆効果で、半月ぶりに本物の彼に会ったら心臓は異様なほど高鳴り、「いい友人」以上の想いが表に溢れ出ないように必死に無表情を作るしかなかった。

それが相手には夏休み前に戻ったような素っ気なさに見えたらしく、戸惑ったように口を噤《つぐ》み、それ以上話しかけてこなかった。

不本意だったが、そばに寄られると恋心が隠せないし、どうしたらいいんだ、と葛藤《かっとう》しなが

ら机に向かっていると、隣で勉強中の栃折と筈見が、

「あ、栃折さん、鉛筆丸くなっちゃいましたね。僕、削《けず》ってあげます」

「ありがとう。じゃあ、お返しに君のは俺が削るよ」

「え、いいんですか？　嬉しいな、栃折さんが削ってくれた鉛筆なら、絶対いい点が取れる気がする」

「そんなことはないと思うけど、じゃあ全部削ってあげようね」

「わーい」

などとどうでもいい会話を楽しげにしており、なんなんだ、こいつらは、と眉を寄せる。

筈見を見てもまったく動悸も幻聴も誘発《ゆうはつ》されないが、水際立った美少年なのは確かで、始終誰かに告白されて対処に難儀《なんぎ》し、栃折に偽のリーベ役を頼んでいる現場は見た記憶がある。

でも偽装と知っている自分たちの前で過剰に親密にする必要はないのに、と怪訝に思う。

そういえば、そのときリーベ役を頼まれなかった鞍掛が「僕だって伊鞠《いまり》のためならリーベのフリしてあげてもいいのに」と腹立たしいことを口走った記憶も蘇り、また新たな思い出し怒りに駆られる。

そんなことはフリでも許さねえ、と思いながら消灯を迎えると、四つ並べた布団の右端の定位置からは左端の相手が遠すぎて、鞍掛家の二階との差に溜息を押し殺す。

真ん中のふたりのいびきと寝言が始まる前に彼の寝息が聞けまいかと耳を澄ますと、いつも

なら消灯後まもなく聞こえ出す騒音が珍しくまだ始まらず、代わりに筈見が「捷くん、もう寝ましたか？」と囁いている声が聞こえた。

それに対する返事はなく、ごくかすかに寝息が聞こえてきて、壁を向いてにんまりする。

頼むから今日はふたりとも静かに寝てくれ、と念じながら聞き耳を立てていると、隣から栃折に「領家くん、起きてる？」と小声で問いかけられた。

こら、鞍掛の寝息が聞こえなくなるから話しかけるな、と思いながら寝たフリをしていると、「……寝てるみたいだ」「捷くんもです」とひそひそ囁くふたりの声がした。

しゃべるなって言ってるだろ、と心の中で文句を言っていると、背後でもぞもぞと布団を移動する気配がした。

なにをしてるんだ、と不審に思いつつ、背中越しに聞くともなしに囁き声を聞いていると、「栃折さん、ムッター（お母様）がまた是非家にお越しくださいと申しておりました。栃折さんは僕の命の恩人なので家族総出で歓待させていただきますので……早速なんですけど、今週末に帰省するときにご一緒していただけませんか？」

「それはありがたいけど、恩人なんて大げさだよ。あのときはたまたま通りかかっただけで……でもほんとによかった。もうちょっと遅かったら、君があいつらにひどい目に……」

ふたりのやりとりから、どうやら夏休み中、空手部と柔道部の合宿が重なったとき、栃折とリーベになったという偽の情報に踊らされた筈見のシンパたちが、「もう栃折のものだとしても、一度だけ想いを遂げさせてくれ！」と複数で筈見を襲い、強く首を絞《し》められてぐったりしたところをあわや、というときに栃折が現れて助けてやったという出来事があったらしい。

　そういえば、休み明けに何人か謹慎処分で停学という張り紙を見たが、理由はそれだったのか、と思い当たる。

　ともかく未遂でよかったが、そんな目に遭わないように髭《ひげ》でも生《は》やしてもっと空手部でムキムキに鍛《きた》えろよ、と心の中で叱咤《しった》していると、

「あのとき、僕、半分失神しかけてましたけど、助けに来てくれた栃折さんの顔ははっきり覚えていて、バキバキにやっつけてくれた姿を何度も思い出して感激しています」

「いや、いいよ、思い出さなくて。怖い思いしたんだし、俺も鬼みたいな顔してただろうし」

「そんなことありません。本当にかっこよくて、……元々憧れてましたけど、本気で大好きになってしまって、初めて自分から告白してしまったくらいだし……」

「ありがとう……俺も大好きだよ」

え……、と思う間に、チュッチュッとどう聞いてもひそやかなキュッセンの音としか思えない音がしばらく続いた。

　エアシュロッケン！（びっくりだよ！）と心の中で叫ぶ。

　危機一髪で救ったことをきっかけに偽装交際から真剣交際に進展していたとは。

　別にふたりがどうなろうがどうでもいいし、好きにしてくれとは思うが、そっちばっかりズ

ルいじゃねえか、と眉間の皺《しわ》が深くなる。

こっちは同性との恋愛なんて思いもよらない鈍《どん》で純な相手に恋心を隠すのに必死なのに、そっちはいつのまにかくっついて夜中に隠れキュッセンなんかしやがって、羨《うらや》ましすぎるだろうが……！

思わず寝相が悪いフリをして隣の布団に体当たりして邪魔してやりたい衝動に駆られたが、ハッとある考えが浮かんで思いとどまる。

……このままふたりの鬱陶《うっとう》しさと苛立たしさに目を瞑《つむ》ってしばらく野放しにして、部屋でいちゃいちゃしている姿を間近で見せれば、いくら色恋沙汰に疎い相手でも（こういう恋愛関係も結構よくあることなのか）と受け入れる下地ができて、俺が告白してもそこまで仰天せずに聞いてくれるかもしれない。

このままいつまでも不自然にぎくしゃくしているわけにもいかないし、出来上がったふたりの関係を利用して、告白する方向に方針を転換しよう。

今週末、栃折たちは一緒に帰省して不在になるから、ふたりきりになってからずっと好きだったと打ち明けよう。夏休みに居候して以来、かなり厚い友情を抱いてくれたし、あの三島《みしま》での一夜だって、本気で嫌だったらあそこまでさせないだろうし、彼と仲のいい筈見と栃折もリーベになったと知った後なら、俺の気持ちも前向きに検討してくれるかもしれない。

それから週末までの数日、両想い臭をぷんぷん振りまく栃折と筈見を放置して彼に視覚学習をさせる傍《かたわ》ら、胸を打つ愛の言葉を黙々と熟考しながら過ごした。

土曜日の午後になり、昼食後にブツブツ告白の言葉を反芻《はんすう》しながら五号室に戻ると、誰もいないように見えた部屋の片隅になぜか長い黒髪の鬘《かつら》を被った彼が蹲《うずくま》っていた。

一瞬（可愛い）とドキッとしつつ、なんの悪戯《いたずら》かと訝《いぶか》しんで「なにふざけてんだ」と意図を訊ねると、彼はキッとこちらを睨んで鬘を毟《むし》り取り、「なにしたっていいだろ」と突っかかってきた。

相当激昂《げっこう》している様子に内心戸惑っていると、雑に鬘を包む風呂敷の中に女物の服が見え、「これから荊木先輩と女装して映画観てくる。そのあと飲んで帰るから」と言い捨てられ、めらっと目から火を噴きそうになった。

さっさと出て行こうとした相手の手首を摑んで阻《はば》み、行かせないようにドアを背で塞《ふさ》ぐ。

荊木と出かけるなんてただでさえ危険なのに、女装してトリンケン（酒を飲む）なんて、なにを考えているのかと叱りつけようとして、もしかしてここ数日告白の言葉選びにかまけて監視を怠《おこた》っているうちに、荊木に先を越されて彼はそれを受け入れたということなんだろうか、と悪夢のシナリオが思い浮かぶ。

まさか、と内心青ざめながら、「……おまえ、荊木先輩のこと、好きなのか？」と探りを入れると、なんの躊躇もなく「好きだよ」と即答される。「先輩が待ってるから手を離せ」と邪険に振り払われそうになり、ブチッとどこかが切れた。

忌々《いまいま》しい女装の荷物をぶん投げて、

「おまえ、ほんとに八方美人の尻軽だな！　俺とあんなことしたくせに！」

と叫ぶと、

「僕は尻軽じゃないし、おまえが勝手にやったんだろ！」

とわめかれ、どちらも譲らない口論になる。

相手が荊木をリーベとは思っていないのは途中でわかったが、向こうは本気だから気をつけろ、と注意を促す意味で事実を指摘すると、彼は唇を嚙んで悔しげに睨みつけてきた。

「だとしても、関係ないだろ。三島から今日までずっと冷たい態度だったくせに。おまえは誰とでも平気であんなことできるのかもしれないけど、僕は違う。おまえのほうが尻軽だ！」

そう詰《なじ》られて、あまりに反論したいことが多すぎて、今日言うつもりだった恋愛詩や短歌を引用した告白など全部頭から抜け落ちた。

「俺だっておまえが好きだからしたに決まってるだろ！　おまえが好きなんだよ！　好きでもない奴と接吻や素股なんてできねえよ！　あの日はただ照れくさかっただけだし、ずっとどうやって告白するか考えてただけだ！」

勢いで理想の告白には程遠い無粋《ぶすい》な告白をしてしまい、内心忸怩《じくじ》たるものがあったが、相手のまったく信じていない表情を見て肚《はら》を括《くく》り、恥の上塗りでこれまでの内情をすべて話した。

無様でいいとこなしの暴露話の間じゅう、相手は目を剝いたり眇《すが》めたり、大口を開けたりぱくぱくしたり、忙しく呆れ顔の見本市を繰り広げていたから、到底いい返事などもらえるわけがないと思った。

けれど、呆れ顔はやがてほんのり赤らんできて、諦観《ていかん》混じりの苦笑を浮かべて相手は言った。

「……おまえみたいな奴には、よっぽど寛大な人じゃないとダメだから、……僕がリーベになってあげてもいいよ？」

思いがけない返事を聞けたとき、嬉しくて本気で泣けてきそうで胸が締めつけられたが、初対面のときのような衝撃の激痛ではなく、甘い痛みだった。

いままでずっと気持ちと真逆の態度ばかりしてしくじってきたが、いま泣きそうな気持ちと裏腹の全開の笑みを浮かべたら、彼はぽっと頰を綺麗なローゼンファルベに染めた。

今度こそ、今日言う予定だったやや気障《きざ》な告白をし直すと、相手の頰がさらに燃えるような薔薇色になる。

照れたように目を伏せた相手を見ていたら、妄想のキスシーンの定番曲のラフマニノフが脳裏に流れてきた。

それを聞いたらどうしても両想いのキュッセンがしたくなり、こんなところでしたら怒るかな、と一瞬思ったが、きっとリーベだから許される、とドアに背を押しつけて甘い唇を食《は》んだ。

＊　＊　＊

「『ロミオ、ロミオ、ロミオ様はどこにおいであそばすの？　どうぞ私のためにお父上を捨て、あなたの姓をお拒《こば》みくださいまし。さもなければ私と契《ちぎ》りを結び、恋人におなりくださいまし。さすれば私はもはやキャピュレット家の者ではなくなります。そのお名の代わりに、この私のすべてをお取りになっていただきたいの』」

「『もしこの名がお気に召さぬのなら、私はもはやロミオではない。「恋人」と呼んでくださ い』」

「『まあ、あなたは……！　いけません、壁を乗り越えて姿を見せたりしては。もし家の者に見つかり、モンタギュー家の御方《おかた》とわかれば殺されてしまいますわ』」

「『彼らの二十本の剣《つるぎ》よりも、もっと危険なものがあなたのお目の中にあります。姫よ、どうぞ優しい瞳で私をご覧ください。さすれば私は彼らの憎しみにも耐えることができましょう。ツッカーの愛を得ることができずに生き永らえるくらいなら、そんな厭《いと》わしい人生は終わりを告げたほうがましです』」

「……こらッ、荊木《いばらき》！　台詞《セリフ》が違う！　情感たっぷりに名前を間違えるなッ！　それから鞍掛《くらかけ》くん！　君はもっと情感を込めて、恋するジュリエットになりきってくれたまえ！　そんな棒読みのヒロインで、北寮の『シラノ・ド・ベルジュラック』と東寮の『蝶々夫人《ちょうちょうふじん》』に勝てると思っているのかッ！」

＊河出書房新社 1960 年初版「世界文学全集 1」参照

「は、はいっ、すいませんっ、殖栗《うえぐり》先輩……！」

寮劇の演出を務める寮長の殖栗にぺこぺこ詫《わ》びている鞍掛の背をぽんと叩いて慰めるチューターを講堂の扉の陰から睨《にら》み、ギリッと歯ぎしりする。

二週間後に迫った紀念祭《きねんさい》に向けて、どの寮も花形の寮劇の練習が熱を帯び、南寮の主役に抜擢《ばってき》された鞍掛も連日しごかれている。

各寮の劇の出演者は希望者の立候補や投票による選出ではなく、寮役員が独断でめぼしい寮生を指名することになっており、指名されたら断れない決まりだった。

南寮の演目は「ロミオとジュリエット」で、ロミオ役は二年の荊木成高《なりたか》、マキューシオに妻鳥《めとり》、ロミオの元想い人のロザライン＋乳母の二役に筈見《はずみ》、ロレンス神父に栃折《とちおり》、ティボルトだのパリスだのは割愛《かつあい》するが、ジュリエットにはこともあろうに鞍掛が選ばれた。

五号室に寮役員がスカウトに来たとき、三人に配役を告げたあと、自分にもなにか申し付けようとしたのかこちらを見たが、おそらく普段から学校行事に参加しない奴と知られているせいと、ロミオが荊木でジュリエットが鞍掛だと⁉　と顔が極悪になっていたせいで何も言われなかった。

ヒロイン役を命じられた鞍掛は「ええっ、僕が⁉　伊鞠《いまり》じゃなくて……？」と仰天《ぎょうてん》していたが、絶対にロミオ役の男による裏工作があったと確信している。

……おのれ、あのザウアーザルツ（むかつく塩）め……！

自分のリーベを「砂糖」と呼ぶ男につけた仇名《あだな》を心の中で吐き捨て、奴の代わりに目の前の扉に歯形がつくほど嚙みつきたい衝動と戦う。

連日練習を隠れて見ているが、奴は台詞の言い間違いに見せかけて何度もおおっぴらに口説《くど》いているし、休憩中も台詞合わせとかなんとか言って片時も離さず、食堂などでも「ジュリエット」呼ばわりしており、映画デートを断られて以来、本気で落としにかかろうとしている。

奇跡的に想いが通じ、手帳にBeide Gedanken（両想い）の頭文字の「BG」と喜びを嚙みしめながら記《しる》した日、鞍掛は荊木との女装デートを「ちょっと具合が悪くなってしまって……すみません」と急な頭痛を装《よそお》って断ってくれた。

そしてふたりだけの五号室で思う存分リーベの語らいをするつもりだったのに、「救護室に行かなくて大丈夫か」「よく効く薬を持ってきた」「すこしはよくなったか」と荊木が何度も顔を出すので、彼は仮病なのに昼間から布団を敷いて寝《やす》む羽目になり、リーベらしいことは夜まで待たなければならなかった。

やっと消灯になってから、布団を近づけて栃折たちのように隠れキュッセンを交わし、夜更《よふ》けまで「あのときはほんとはこう思ってた」「自分はこういう気持ちだった」と互いに打ち明け合い、より心を通じ合わせ、こっそり手を繫いで眠った。が、翌日には筈見たちが帰ってきたので両端に引き離され、昼間はほかの寮生たちが入れ替わり立ち替わりやってくるので会話もままならない。

それにいままで犬猿《けんえん》の仲で有名だったのに急にベタベタするのもどうかと思われ、あからさまに親しく振る舞えないうちに寮劇の練習が始まってしまい、せっかく両想いになれたのに、片想いのときとたいして変わらない現状を憂《うれ》う日々である。

しかも連日あんな不快なものを見せられて……、とラブシーンの練習に励《はげ》むふたりをじっと睨み、プロコフィエフの『モンタギュー家とキャピュレット家』の不穏《ふおん》なメロディの幻聴を聞きながら舌打ちしていると、不意に誰かに肩を叩かれた。

ハッとして振り返ると、ピアノ演奏で寮劇に参加している理甲三年の扇谷《おうぎたに》だった。

扇谷朔実《さくみ》はピアノの練習のために授業にあまり出ず、一年と二年を二度ずつ履修《りしゅう》しているので四つ年上になる。

白皙《はくせき》の美貌と長い美髪で「ピアノの詩人」の意を込めて「デア・ディヒター（詩人）」と仇名され、「朔実会」という親衛隊もいる人気者だが、接点がないので口をきいたこともない。

一応先輩なので会釈《えしゃく》すると、

「君、毎日練習見に来てるよね。僕、視力がいいからピアノのところから見えるんだ。こんな遠くからじゃなくて、中に入って近くで見たら？」

気さくに腕をとられて講堂の中に引き入れられそうになり、慌てて「いえ、それは」と入口で踏み留まる。

荊木との接近が心配で、嫉妬に駆られて見に来ているなどと鞍掛に気取《けど》られたくなかった。

「ふうん」と扇谷は人差し指を頬に宛《あ》て、その肘《ひじ》に片手を添えるポーズで興味深げな視線を向けてくる。

扇谷はチラッと壇上に目をやり、またこちらに目を戻して悪戯《いたずら》を企《たくら》むような微笑を浮かべた。

「違ったらごめん。……もしかして君、鞍掛くんに片想いしてるのかな？　筈見くんのいる方向じゃないよね、その熱烈な視線の向き」

内心ぎょっと焦《あせ》ったが、顔には出さずに瞬《まばた》きを一度するだけに留める。

一応両想いで片想いは脱したし、いくら先輩と言えど初めて話す相手に馬鹿正直に答える必要はない、と無言で見返すと、扇谷はフフッと含み笑った。

「別にからかうつもりで言ったわけじゃないよ。……僕もお仲間だし」

「……え」

まさか扇谷も鞍掛を……!?　と思ったのは早合点《はやがてん》で、扇谷は煌学《こうがく》の教授陣の誰かに叶わぬ片想いをしており、何度もドッペる（留年する）のはピアノのためではなく、出来るだけ長くその相手のそばにいたいからだと打ち明けられた。

「なんだか君の様子を見てたら、なんとなく自分を見てるみたいな気がして他人事《ひとごと》とは思えなくて……、片想いビュントニス（同盟）の同志って気がしたんだ」

「……はぁ」

俺は一応両想いだが、と心で念を押しつつ、長らく叶いそうにない片想いに身を焦《こ》がしてきた経験者として、若干《じゃっかん》相手に共感の念が湧く。

「……相手に、気持ちは伝えないんですか？」

留年が許されるのは二度までなので、もう後がないのでは、と思いながら問うと、扇谷は困ったように苦笑して、肩を竦《すく》めた。

「できないよ。する気もない。同性なうえに、結婚してるからね。奥さんは病気で鎌倉の療養所にいて、まめに面会に通って大変なのに、余計なこと言って先生の負担になりたくないし」

「……そうなんですか」

きっとあの教授かな、となんとなく目星がついたが、こんな才能豊かな麗人《れいじん》でもままならない思いをしているのかと思うと、いまの自分の不満など贅沢《ぜいたく》な悩みかもと気づかされる。

「……あの、もしまた胸に溜めておくのがきつくなったら、俺でよければ聞きますけど。俺、友達いないんで、誰にも余計なこと話しませんし。まあ、同志みたいなものですし」

そう言うと、彼は意外そうに片眉を上げた。

「ありがとう。でも大丈夫だよ。溜まる前にピアノにぶつけてるし」

たしかに、ときどき講堂から聞こえてくるショパンの『別れの曲』や『革命のエチュード』など、情熱的な音色にひそかに足を止めて耳を澄ませたこともあるのを思い出す。

「……俺、クラシックにそんなに興味なくて、滅多《めった》に胸に響いたりしないんですけど、先輩の弾くショパンには、ちょっと胸を打つものがあるなと思ってました」

下駄《げた》も履《は》かせずに率直に言うと、「ちょっとかよ」と笑って肩を小突かれる。

そのとき、壇上から、「おーい、扇谷さーん、早く戻ってきてくれー」と殖栗がわめいた。

扇谷は「いま行く！」と叫び返し、「じゃあまた」とこちらに手を振り、「『バルシュ・プリンツ（無愛想王子）』が実は優しいところもあるって、彼がわかってくれるといいね」と言い残して長い髪をなびかせて走っていった。

……バルシュ・プリンツってなんだ……それにもう片想いは脱したから応援してくれなくていいんだが、と思いながら寮に戻り、紀念祭の展示品作りに取り掛かる。

普段天燈寮《てんとうりょう》は徹底した女人禁制で、婚約者や交際相手でも門内に入れず、母親や姉妹のみ中央棟の面会室までの許可がおりるだけだが、年に一度の紀念祭の日だけは一般客も中まで入室が許され、各部屋で趣向を凝《こ》らした飾りつけをしたり、作品を展示することになっている。

五号室のメンバーはみんな寮劇で忙しく、暇な自分がやらなければいけない空気に負けて渋々作業に当たる。

展示物は頓智《とんち》や駄洒落《だじゃれ》を使ったふざけたものを作る伝統があり、五号室ではカール・ブッセの「山のあなた」のパロディを作ることになった。

何を展示するか四人で相談したとき、膨大《ぼうだい》な台詞の暗記と学校の宿題でへろへろの鞍掛が、

「……もうさ、いま手の込んだもの作る余力ないから、簡単なのにしようよ。こないだ授業で『山のあなたの空遠く「幸い」住むと人のいふ』っていう詩をやったときに『あなた』って音

だけ聞くと『彼方《あなた》』じゃなくて『貴方《あなた》』みたいだなって思ったから、山の絵を描いて、真ん中に鏡をくっつけて、来た人に自分の顔見てもらって、『山の貴方』っていう駄洒落作品はどうかな」

とおそろしく適当な意見を出した。

すると栃折も筈見も「いいんじゃないか」「いいと思います」とほかに考える気配も見せずに同意し、「あっ、じゃあ、僕、今度帰省したときシュベスター（お姉様）に人形とドールハウスを借りてくるので、その山の後ろに置いて、『幸い』って張り紙つけた人形を入れとくっていうのどうですか？」と筈見が言いだし、「幸いの擬人化《ぎじんか》か。それ可愛いね！『幸い』ちゃんっていう子が住んでるみたいで、茜《あかね》が見に来たら喜ぶかも！」などと盛り上がり、それに決まった。

なんで俺がこんなことを……と思いながらボール紙に山の絵をしこしこ描き、窓辺に置いて絵の具を乾かす。

まだ誰も帰ってこないのでひとりで食堂に行き、夕食後読書室で本を読み、入浴時間ギリギリに風呂に入る、という以前となんら変わらない単独行動を取る。

両想いになってからも、もし風呂で相手の全裸を間近で見て、ほかの寮生もいる前で勃《た》ったりしたらマズいので、相変わらずひとりで入るようにしていた。

終了時間間際の風呂は、部活後の運動部の連中が使った残り湯なので、限りなく湯船の湯量が減り、『ガンジス河』と呼ばれるほど茶色くなるので、まともな寮生は早い時間に入り、遅くなったら翌日入れ替えた『ライン河』になるまで待ったりする。

無人の浴室で身体を洗っていると、パタンと脱衣室のドアが開く音がして、誰かが入ってきた気配がした。

今頃来るなんてどこの物好きだ、と自分を棚に上げて思いながら、洗面器に蛇口《じゃぐち》の湯をためて身体の泡を流したとき、カラランとガラス戸が開いた。

「あ、領家《りょうけ》。山の絵見たよ。ありがとう、やってくれて」

手ぬぐいを腰に巻いて自分の風呂道具を片手に入ってきた鞍掛に驚いて、思わず洗面器を取り落とす。

カコーン！　とタイルの床に琺瑯《ほうろう》の洗面器が落ちた音が天井まで響き渡り、彼は「わ、すごい音」と笑いながら隣の蛇口の前に腰かけた。

「ひとりで全部描かせちゃってごめんな。けど、おまえ、絵もすごい上手なんだな」

「……別に、昔油絵習わされたことがあるだけだ。……劇の練習、終わったのか」

もう釜の火も落とされ、湯気もほとんど消えた浴室では相手の白くまばゆい裸体が隠れず見えてしまい、バクバクしながら目を逸《そ》らす。

「うん。また今日も殖栗先輩にビシビシ怒られちゃったよ。『もっと気持ちを込めて！』とか言われても、台詞を間違えないように言うのが精一杯でさ……」

「……別に充分なんじゃねえの、それで。素人劇《しろうと》なんだし」

荊木相手に真に迫《せま》った熱演されても困るし、と思いながら、俯《うつむ》いてガシガシ髪を洗う。

三島《みしま》の旅館の浴場でも直視しないように顔を背《そむ》けてなんとか平常心を保ったが、いまも高ぶる気持ちを冷やそうと洗面器に水を溜めてバサーッと頭からかぶる。

「わっ、冷たっ……、おまえ、いつも水で頭洗うの？」

「……まあ、夏はたまに……」

「もう秋だと思うけど」

いいんだよ、冷水摩擦《まさつ》は冬でもするだろ、と言い切って立ち上がり、いつもは浸《つ》からない湯船に向かう。

ラグビー部やサッカー部の集団が入ったあとの湯は十五センチくらいしか残っていないので普段は入らないが、いまは相手に背を向けてぬるくて少ない湯にしゃがむ。

心の中で般若心経《はんにゃしんぎょう》を唱《とな》えて平静を保とうとしていると、身体を洗い終えた相手の声が頭上から降ってきた。

「うわ、なにこのお湯！　ほんとにガンジス河化してる！　本物見たことないけど。おまえ、いつもこんなお湯に入ってるの？」

湯を覗き込んで呆れ口調で言いながら、隣に入ってきて「うわ、ヴーニヒ（少ない）！」と脛《すね》の半分も浸からない湯に座って両膝を抱えて苦笑を向けてくる。

必死に「ハンニャーハーラー」と野太い読経《どきょう》の幻聴が下りて来るよう念じながら目を逸《そ》らし、

「……だから、おまえはもうこの時間に来るの、やめろよ。汚いし、湯冷めするだけだぞ。俺もいつもは身体洗うだけにしてるし」

せっかくの白い綺麗な身体を茶色い湯で汚すのがもったいなくてそう言うと、相手はやや間を開けてからぽそっと言った。

「……だって、ほかにふたりだけでゆっくり話せる場所も時間もないから、ちょっとだけでもと思って……」

思わず隣に目をやると、うっすら赤らんだ顔で見つめ返された。

その眼差しから、いくら恋に疎《うと》くて鈍《にぶ》い相手でも、ちゃんと自分と同じようにもっと話したいとか一緒にいたいと思ってくれているのが伝わってきて、感激のあまり、チャイコフスキーの『ピアノ協奏曲第一番』第一楽章が頭の中で鳴り響く。

素直な言葉をくれた相手とふたりきりでふたりとも裸という絶好の機会とはいえ、こんな場所で不埒《ふらち》なことなどできるわけもなく、せめてキュッセンだけでも、と彼の唇を凝視《ぎょうし》する。

もし最中に誰かに踏み込まれても弁明できるように策《さく》を講《こう》じ、

「……あのさ、おまえ、寮劇の終幕のジュリエットの台詞、ちゃんと頭に入ってるか聞いててやるから、俺のこと墓場で死んでるロミオだと思って演《や》ってみて」

あくまでも劇の練習だと言い張れるように状況証拠をつくる。

相手は「え、いま?」と狼狽《うろた》えつつ、条件反射的に懸命に台詞を思い出しながら、

「……えっと、『なにかしら、これは。盃《さかずき》がロミオ様のお手にしっかりと握られて。……わかったわ、毒を飲んで思わぬ最期《さいご》をお遂《と》げになったのね。ひどい、すっかり飲み干しておしまいになって、私にはただの一滴も残しておいてくださらない。……あなたの唇に口づけしてよ。まだ唇には毒が残っているかも。毒は却《かえ》って命の妙薬《みょうやく》、死んでお供《とも》ができるわ、きっと』……わ、やった、一ヵ所も間違えずに全部言えた! 初めてだ!」

とぱぁっと瞳を輝かせる。

いや、だから、そのあとの死んだロミオに口づける演技を実演してほしかったんだが、と思いつつ、「よかったな。ちゃんと覚えてるじゃねえか」と言うと、相手は気を良くしてジュリエットの最後の台詞を続けた。

「『おお、嬉しいこの短剣! この胸、これがお前の鞘《さや》よ』グサッ! 『さあ、そのままにいて、私を死なせておくれ』バタッ」

擬音《ぎおん》つきで胸を刺したり、倒れるフリをする相手の悲愴感皆無《かいむ》の演技に苦笑が漏れる。

こういう無邪気なところも可愛くて好きだが、まったく狙いどおりに動いてくれない察しの悪い相手を動かすより自分で動いたほうが早い、とそのすこし前のロミオの死の場面の台詞を口にしてみる。

「『この暗い夜の宮殿から、どんなことがあっても俺は離れぬ。ここここそ、俺にとって永遠の

憩《いこ》いの場所だ。目よ、よく見ろ、名残《なごり》だぞ。腕よ、さあ最後の抱擁《ほうよう》だ。そして命の門なる唇よ、今こそ天下晴れての口づけで、死神との永久契約に証印するのだ。さあ、我が愛《いと》しの人のために』ゴクッ。『おお、正直だな、薬屋。貴様《きさま》の薬はよく効くぞ。さあ、接吻《せっぷん》して、俺は死ぬ』――毒を飲むフリをしてから、相手の首のうしろに手を伸ばして引き寄せ、チュッと素早く唇を盗む。

相手は目を見開いて、バッと顔を赤らめた。

「……ちょっ、なにすんだよ……」

ガンジス風呂をすこし後ずさって逃げながら、彼は真っ赤な顔で口を尖《とが》らせる。

「もう、おまえはすぐこういういつ誰に見られるかわからないようなところで、こんなことして……それに、なんでおまえ、そんなにロミオの台詞完璧なんだよ。なんか芝居うまいし！」

「え……」

キスしたことよりそこが気に障《さわ》ったらしく頬を膨《ふく》らませて糾弾《きゅうだん》され、毎日覗きに行って覚えたとバレてはマズいので、視線を泳がせながら適当にごまかす。

「……別に、俺は長い猫被《かぶ》り歴のうちに演技力が磨《みが》かれたんだよ。台詞は、なにも読むものがないときに部屋におまえの台本があったから、ぱらっと読んだら覚えちゃっただけだ」

「嘘。そんなのズルい。おまえ、ほんとにすごいな。分けてくれよ、その無駄に優秀な能力を。僕なんか何回読んでも覚えきれないし、いつまでも大根のままなのにさ」

拗《す》ねて尖る唇にまた触れたい衝動に駆られつつ、

「だから、おまえはそのままで充分だって。たどたどしくても、一生懸命さがジュリエットの初々《ういうい》しさに見えるし。……たぶん見る人によっては。それより、いまみたいに舞台で荊木にほんとにキュッセンされないように気をつけろよ。キスシーンの練習や本番のときは、直前に納豆食べて唇に糠味噌《ぬかみそ》でも塗っとけ」

本気で注意を促《うなが》すと、相手はぷっと噴き出す。

「なんで糠味噌なんだよ。僕が臭くてやだよ。それに先輩が僕のことを本気で狙ってるなんて、おまえの考えすぎだって言ってるだろ。ロミオの台詞で『ツッカー』って言われることはあるけど、単にふざけてるだけで、真剣に言われたことないし。ただ部屋子《へやこ》として可愛がってくれてるだけだから、余計な心配するなって。いくら冗談好きな先輩でも、劇の中でほんとにキュッセンなんかするわけないよ。周りで大勢見てるのに、そこまで身体張ってふざけないよ」

だからなんでおまえはそんなに鈍いんだ、誰がどう見ても荊木は本気だし、全校生徒の前だろうと平気でやりかねないから心配なのに、危機感がなさすぎる……！　ともう一度叱ろうとしたとき、風呂掃除に来た用務員に「もう九時過ぎたので出てください」と追い出される。

着替えて五号室に戻る道すがら、

「とにかく、ロミオとのキスシーンは何回もあるんだから、ほんとにされないように薄目を開けて、奴が顔の手前で止めないようだったら、仮死状態の場面でも動いていいから顔背けて避けるんだぞ」

と念を押すと、

「はいはい、わかりました。先輩がそんなことするわけないけど」

とおざなりな返事をし、それよりほんとのキュッセンと言えばさ、と彼は声を潜《ひそ》めた。

「……僕、昨夜、伊鞠と栃折さんが布団に隠れてしてるところ、見ちゃった、ていうか聞いちゃった……！　リーべなんだからしてもいいんだけど、なんか僕までドキドキしたよ～」

さもすごい秘密を摑んだような言い方をされ、昨夜初めて気づいたのかよ、と内心呆れる。

夏休み明けからこっち、ほぼ毎晩やってるじゃねえか、と指摘しようとしたとき、

「……でも、ちょっとだけ羨《うらや》ましかったな。僕もおまえの隣だったら、こっそりできるのにって……」

と薄赤くなりながら続けられ、きゅんと胸が震える。

相手のこういう自分には到底《とうてい》真似できない素直なところがものすごく好きだ、と切に思う。

俺だってずっとそう思ってた、と言いかけ、ハッと何故いままで寝場所の配置換えを思いつかなかったんだろう、と痛恨の失策《しっさく》に気づく。

寝場所は一年間不動という決まりがあるわけじゃないのに、黙って苛々悶々《いらいらもんもん》としてないで、もっと早く場所替えを提案すればよかった、とほぞを嚙む。

「部屋に戻ったら、筈見に俺と寝る場所を交換しようって言ってみる」

そう言うと、彼は笑みを消して物問いたげな表情になり、風呂道具を抱え直して歩調を落とした。

「……でも、もし『なんで？』って聞かれたら、どうする……？　僕たちもリーベになったって話すの……？」

相手の問いの真意が読めず、内心戸惑う。

「……おまえは言いたくないってことか……？」

隠しておきたいなら無理に開示はできないが、と思いながら問い返すと、彼は急いで首を振った。

「僕は言ってもいいよ、ほんとのことだし、ふたりは親友だし。……けど、おまえは誰にも知られたくないのかなって……、僕も誰でも彼でも知られてもいいと思ってるわけじゃないけど、おまえはみんながいる前では僕に話しかけないし、ちょっと前に伊鞠たちから『実は夏休みにこういうことがあって』ってリーベになったことを打ち明けられたとき、おまえ『ふうん』しか言わなかったから、『僕たちもだよ』って言っちゃいけないのかなって……、おまえが僕を好きなのは疑ってないけど、人には認めたくないような、そこまでの本気の気持ちじゃないのかなって、ちょっと思ってたから……」

はじめて聞いた相手の胸のうちに愕然《がくぜん》とする。

筈見たちの件は本人の口から聞く前に知っていたから反応が薄かっただけだし、みんなと仲良くやっている相手に話しかけるのは、独占欲が漏れ出てしまいそうで自粛《じしゅく》しただけだし、いままで無視か喧嘩しかしてこなかったのに人前で親しくしたら周りにどうなってるのか詮索《せんさく》されて、とっつきにくい自分より彼に質問が集中して困るだろうと配慮したつもりだった。

なのに、たいして本気じゃないからかと思われたなんて心外としか言いようがなく、その場で地団太を踏みたくなる。

渡り廊下の途中で立ち止まり、グッと片手で相手の二の腕を掴み、不本意な誤解を晴らそうと真意を訴える。

「俺はただ、おまえしか大事じゃなくて、それ以外の人間に関心ないからどうでもいいだけだ。俺の気持ちがどれだけエルンスト（真剣）でシュタルク（強い）か、正直に言ったら引かれると思って言わずにいたけど、俺はこんなに誰かを好きになったのはおまえが初めてだし、これが最初で最後だし、寮生活の間だけの代償とか気の迷いじゃなく本気だし、おまえさえいればいいし、絶対俺の伴侶《はんりょ》にするし、一生離さないし、もしおまえが女と結婚するとか言ったら刺し違えて死ぬ覚悟だし、もし病気や不慮《ふりょ》の事故で先に死んだら、おまえが未亡人のままでいてくれるか悪霊になって取り憑《つ》いて監視するし、ロミオの台詞じゃないけど、おまえの愛が得られないなら生き永らえる意味ないし、剣も毒薬も使わずにおまえは簡単に俺を殺せる。おまえに捨てられたら、俺は発狂して死ぬから」

「……」

相手の呆然とした表情に、しまった、真意を伝え過ぎた、と言い終わってから青ざめる。

ほとんど狂人の脅迫に近い告白の内容がすでに無様なのに、片手に風呂道具を抱えたまま告げてしまい、これで嫌われて逃げられたら、情けなさで即狂死できそうな気がした。

長い沈黙のあと、相手は戸惑った声で「……腕、痛いから、離せよ……」と訴え、ハッとして緩《ゆる》めると、急に怒ったようにゴツンと自分の洗面器をこちらの縁《ふち》にぶつけてきた。

「……もう、おまえ怖いし、シュタルクっていうかシュヴェア（重い）だよ。僕の気持ちはまだ、メーガン（好き）でリーベ（愛）になってないのに、一生離さないとか伴侶とか言われても、……それに相変わらず死んだあとのこととか馬鹿みたいなこと考えてるし、全部本気で言ってるっぽいし、……ほんとにそんなに好きなら、『刺し違える』とか『狂い死ぬ』とか言わないで、『おまえとずっと一緒に生きていきたいから、そのためならなんでもする』って言えよ」

「……」

錯乱《さくらん》した狂人の妄執《もうしゅう》的告白を怒った顔で添削《てんさく》し、相手はもう一度洗面器をぶつけてきた。

「……男同士だし、おまえは名家の跡取りだし、先のことはわからないけど、僕は紳士だから、ずっと孤独を抱えてた相手が僕がいれば救われるって本気で思うなら、救いになってあげたいよ。けど、『愛をくれなきゃ死ぬ』なんて駄々をこねる奴は根性なしだと思う。欲しいなら、努力して摑み取れよ。願いは自分で叶えるものだろ。一緒に生きていくための努力をおまえが全力でするなら、僕も全力で努力するし、見捨てたりしない。僕にはおまえ以外にもいっぱい大事なものがあるけど、人生の最後に『生涯で一番大事なものはおまえだった』って思えるように、根性出せよ。本気で僕の愛を得たいなら」

「……」

挑《いど》むような眼差しで檄《げき》を飛ばされ、自分にそんなチャンスをくれる気があって、頑張れば最後まで共にいてもらえるのかと胸が詰まって言葉が出なかった。

人生唯一の願いを必ず叶えてみせる、と決意を込めて深く首肯《しゅこう》すると、相手は怒った顔のまま頬を赤らめ、くるっと向きを変えて南寮の入口に向かってタッと駆け出す。

急いで追いついて並ぶと、彼は照れくささを誤魔化《ごまか》すように真面目くさった声で言った。

「……おまえさ、僕以外どうでもいいとか言ってないで、ちょっとは友達作る努力をしろよ。将来おまえのほうが先に死ぬとは限らないし、もし僕が先に死んだら、おまえがひとりぼっちで誰も心を許せる友がいないと可哀想だしさ」

「別に平気だ。おまえに先立たれたら、その日のうちに後を追うし」

迷いなく即答すると、相手はまた呆気に取られた顔で溜息を吐く。

「……だから、それが重いって言ってるんだってば。……手はじめに、おまえは伊鞠や栃折さんともっと心を開いてつきあえよ。ふたりは絶対生涯の友にふさわしい人達だし」

返事をせずにいると、咎《とが》めるようにまた横から洗面器をぶつけられる。

コンコンコン、と頷くまでぶつけ続けられ、根負けして渋々頷く。

「……わかったよ。おまえがそう言うならそうするよ。……けど、別におまえ以外に心を許せる相手なんかいらねえんだけど」

諦めて答えつつ、コン、と軽くぶつけ返すと、またぶつけ返される。

渡り廊下が終わるまで、ふたりでコツンカツンと繰り返しぶつけあい、だんだんなんでぶつけあってるのか忘れるほど楽しんで音を立てながら入口まで歩いた。

部屋に戻ってから、筈見と栃折に自分たちもリーベになったことを打ち明けると、「やっぱり！」と前からわかっていたかのような口ぶりで受け容《い》れられた。

「僕、領家くんが捷《しょう》くんにだけ特別意地悪なのは、小学生男子的な好意の裏返しじゃないかとずっと思ってたんです。だって捷くんが見てないときの凝視のすごさとか只事じゃなかったし、僕が捷くんとじゃれてるときの僕への氷のような視線が怖かったし、これはハッセン（嫌い）じゃなくメーガンなんじゃないかって睨んでました」

「それに最近は素っ気なさの中にも捷くんへの態度が柔らかくなってたし、捷くんもぶーぶー文句言わなくなったし、なんか和解の糸口でもあったのかなと思ってた」

そんな余計な観察や分析をされていたのか、と内心不覚な気がしたが、「でも、よかったです。おふたりが仲良くなられて。お似合いだと思います」「俺たちだけリーベになっちゃって申し訳ないなと思ってたから、そっちもどうぞ遠慮なくいちゃいちゃしてくれ」と言われ、意外と悪くない奴らかもしれない、と若干好感度が上がる。寝場所の交換をしたあと、消灯後の隠れキュッセンやフリュースターン（囁き）には双方干渉無用という取り決めをした。

翌朝四人で食堂に行って席に着くと、向こうからトレイを手に歩いてくる扇谷と目が合った。座ったまま軽く会釈すると、微笑して通り過ぎようとした扇谷が向かいに座る鞍掛に目を留め、笑みを深めて足を止めた。

ふわりと髪を揺らしてこちらに身を屈《かが》め、「地道に頑張ってるようだね、カメラート（お仲間）」とからかい口調で耳打ちし、ほかの三人にも「あとで練習で会おうね」と笑顔で会釈して歩いていく。

鞍掛が扇谷の背中から目を戻し、

「……おまえ、扇谷先輩と知り合いだったの？　カメラートって、なんのことだよ」

と意外そうな顔で訊いた。

寮劇の覗き見をしているときに知り合って片想い仲間と誤解されているなどとは言いにくく、

「別に、なんでもない。ちらっと話したことがあるだけだ。ショパンのこととか」

と嘘ではないことだけ答えると、彼は「へえ」と呟いて朝食の続きを食べだす。

それから流れるように二週間が過ぎ、紀念祭当日を迎えた。

五号室の展示をする前に、詰襟《つめえり》を椅子にかけてひとりで部屋の掃き掃除をしていると、「領家」とドアからジュリエットの扮装《ふんそう》をした鞍掛が顔を覗かせ、照れ笑いを浮かべながら中に入ってきた。

寄せ集めの衣装や鬘《かつら》の割に、素材がいいので素晴らしく完成度の高いジュリエット姿で、

「……か」

可愛すぎる、写真を撮りたい、と口から出かかったのをなんとか一字で飲み込む。

「……そんな恰好《かっこう》でうろちょろしてていいのかよ。もうすぐ本番だろ」

内心うろちょろしてくれてありがとう、と思いながら平静を装うと、彼は手に持った雑巾《ぞうきん》を振って見せた。

「そうだけど、まだちょっと時間あるし、展示作りを全部おまえひとりに任せちゃったから、掃除と設置くらい手伝おうと思って」

富豪《ふごう》の姫の役なのに雑巾片手の庶民的なジュリエットに笑みを誘われる。

四人の机の上や窓をてきぱき拭《ふ》いていく彼に「衣装汚れちまうぞ」と止めるべきだと思ったが、眼福《がんぷく》のドレス姿を間近で見られる好機を逃《のが》したくなかった。

ちらちら盗み見ながら一緒に掃除をし、入口に向けて鏡を張り付けた山の絵を立て掛け、筈見の姉のドールハウスを脇に置く。

細工の細かい台所の揺り椅子に座る西洋人形に「幸い」と紙を貼り、

「鞍掛、雑巾片付けとくから、もう行けよ。ありがとな、手伝ってくれて」

と振り返ると、なぜか彼は入ってきたときとは別人のような沈鬱《ちんうつ》な表情を浮かべていた。

「……どうしたんだよ、急に。緊張してきちゃったのか？　大丈夫だよ、あんなに練習したんだし、台詞トチったとしてもたかが学園祭の劇だし。優勝できなくても殖栗先輩も命までは取らねえから、心配すんな。客席にはおまえの好きなプチガトーと練り切りが並んでると思えばいいし、もし舞台上で台詞が飛んだら、ひたすら『ロミオ様』って言っときゃなんとかなるよ」

随分阿呆《あほ》なジュリエットになってしまうが、その姿だけで充分鑑賞に堪《た》えうるし、と心で断言しながら励ますと、彼は力なく頷き、「……わかった。もう行くよ」と俯きがちに五号室から出て行った。

ほんとにどうしたんだろう、やっぱり緊張で胃でも痛くなったんだろうか、と心配しながら詰襟を着て自分も講堂へ向かう。

開演時間になり、客席からハラハラしながら劇を見たが、彼は直前に緊張で蒼白になっていた割には台詞もたいしてトチらず、最期の場面も風呂場で見たときの元気すぎるジュリエットではなく、憂《うれ》いを帯びた表情でまともに悲恋のヒロインらしく見えた。

可憐な女装と脇の名演と生演奏のおかげもあり、全校生徒と一般客の投票の結果、見事南寮劇が優勝を飾った。

三寮の寮劇以外にも運動部の試技や吹奏楽部の演奏などがあり、すべての演目が終わったのは夕方の五時だった。そのあと客の帰った講堂や寮を全員で片付け、劇の背景や木や紙で作った大道具小道具、寮の展示作品など燃やせるものをすべて校庭に積み上げ、ファイヤーストームをする後夜祭が始まる。

火柱《ひばしら》が上空三メートルにも吹き上がる篝火《かがりび》の周りで肩を組んで寮歌を歌い、詰襟を振り回して踊る集団をすこし離れたところから傍観《ぼうかん》する。

紀念祭の運営や行事に主体的に関わったわけではないので、全力で打ちこんだやりきった感で感無量の男泣きをする寮生たちとは同化できなかったが、雰囲気に当てられて若干の高揚感を覚える。

鞍掛や筈見たちは火のそばで寮劇メンバーと集まってジュースで優勝の祝杯をあげていた。ともあれ無事終わったことだし、やっとこれで練習に時間を取られずに一緒に過ごせるだろう、と気分がよかった。

明日は振替休日だし、自分はあとでゆっくり個人的に労《ねぎら》おう、とみんなに囲まれている彼を余裕で見守っていると、荊木が彼の耳元でなにか囁き、裏の林に連れ出す姿が目に映る。

……あのザウアーザルツ、後夜祭のどさくさに紛《まぎ》れてなにしやがる気だ、と拳《こぶし》を握りしめ、大声で歌い狂う寮生たちをかき分けて急いで後を追う。

以前はよく煙草を吸いながら散策した林の中を、ふたりの声が聞こえる場所まで足音を忍ばせて近づく。

身を隠せる太い木の幹に張り付いて耳を澄ますと、

「ツッカー、南寮劇が優勝できたら言おうと決めてたことがあるんだ。……君のことがずっと好きだった。僕のリーベになってくれないか」

「えっ……」

ほらやっぱりこう来たじゃねえか！　何回注意しても「考えすぎだよ」と笑い飛ばして信じないから、こんなひとけのないところにのこのこ連れ出されやがって、と内心舌打ちしながらいつでも飛び込めるように態勢を整える。

「そんなに驚くことかな。結構はっきり意思表示してきたと思うんだけど。君は僕のことを優しくて紳士でかっこいい親切なチューターとしか思ってないかもしれないけど、真剣に考えてみてほしいんだ」

客観的事実とはいえ、なに自分でかっこいいとか盛大に誉めてんだ、と内心呆れる。

「僕のリーベになってくれたら、いま以上に優しくするし、君をずっと笑わせて楽しませてあげる。甘やかして可愛がって大事にして、嫌な思いなんかひとつもさせない理想の恋人になるよ。君はほがらかで裏表がなくて、やることなすこと可愛げがあって、君といるとときめくし和《なご》むんだ。もし僕を嫌いじゃないなら、僕のものになってくれないかな」

その告白を聞いて、思わず我が身を振り返り、熱くなっていた胸のうちがスゥッと冷える。

自分は片想いのときもいまも、荊木がしてきたような正統な恋心の表し方をしたことがない。

ずっと天邪鬼《あまのじゃく》な態度で傷つけてきたし、相手をあたたかく包むどころか自分が相手の寛大さに甘えてすがって、いまも変な意地が捨てられずに素直に優しい言葉を口にできない。

荊木のいう「大事にする」という言葉は相手への愛と思いやりからの言葉だが、自分が何度も口にした「おまえだけが大事」という言葉は自分本位なものに思えて、同じ「大事」という言葉一つとっても自分のほうが分《ぶ》が悪い気がした。

自分が荊木より先に欲しがったから相手は引きずられただけで、荊木の本気を知ったら、どちらがリーベとして上等か考え直してしまうかもしれない。

荊木のスマートな告白と、自分の「好きでもない奴と素股《すまた》なんかできるか」とか「おまえに捨てられたら発狂する」などという無様な告白を引き比べ、態度だけじゃなく言葉でも勝負にならない……！　と身を隠している木に額をぶつけたい気持ちになったとき、鞍掛の声が耳に届いた。

「……先輩にそんな風に言ってもらえて、今日ちょっと落ち込んでたので、ぐらっと来そうになったんですけど、でもやっぱり僕にとって先輩は、優しくて紳士でかっこよくて親切な先輩で、尊敬するし憧れますけど、恋はできません……。もう、リーベがいるんです。先輩みたいに本物の大人じゃなくて、大人びてるフリは上手いけど中身は全然子供で、偏屈《へんくつ》でわかりにくくて、でも本気で僕を好きみたいだから、僕も好きになっちゃって……たまにすごい熱烈に『おまえだけ』って言うくせに、実はほかにも好きな人がいるみたいで、そんな不実な奴だってわかっても、やっぱり嫌いになれないから……ごめんなさい、先輩のリーベにはなれません」

その言葉をどう解釈したらいいのかわからなかった。

「偏屈でわかりにくい」とか「たまに熱烈なことを言う」という辺りは自分のような気がするが、「ほかに好きな人がいる不実な奴」という部分はまったく当てはまらないし、そんな誤解を招くようなことをした覚えもない。

「そんな子供じみた浮気者がいいの？　僕は君一筋だし、僕のほうがそいつよりいいリーベになれる自信があるよ。それでも僕にはまったく勝ち目がない？」

食い下がる荊木に、彼は小さな声で、だがきっぱりと答えた。

「……はい。先輩のほうがあいつより人として格上だと思うし、先輩とつきあったほうが心穏やかに楽しく過ごせるだろうって想像つくんですけど、でも先輩は『領家草介』じゃないから、選べないんです」

彼が自分の名前をはっきり口にしたとき、剛弓《ごうきゅう》で胸を射抜かれたような強い幻痛を覚えた。

しばらくの沈黙のあと、荊木の溜息が聞こえた。

「……ラーヘンくんか……。じゃあ、君のほうも嫌よ嫌よも好きのうちだったってことなのかな。……ああ、アッハ、シュメルツ。どうせ断られるなら、さっき舞台でほんとにキスしとけばよかった。紳士ぶって我慢して損しちゃったよ」

「先輩のいついかなるときも紳士なところを心から敬愛しています」

「敬愛じゃ足りないし、紳士じゃない顔も見せてあげたかったのに。……じゃあツッカー、ラーヘンくんに愛想《あいそ》を尽かしたら、僕のところにおいで。まあ、そのときまで僕にリーベがいないとは限らないけどね。君が逃した魚は大物だから」

軽口《かるくち》は虚勢の裏返しだったとしても、未練も振られ男の恨み言も茶目っけのある言葉で包み、最後まで荊木はスマートに振る舞った。

荊木が去ったあと、すぐに彼の元に駆けつけたかったが、後を尾《つ》けて立ち聞きしていたとバレるのも体裁《ていさい》が悪く、数瞬葛藤《かっとう》する。

でも、体裁より、事実無根の二股《ふたまた》疑惑を一刻も早く晴らすほうが先決だ、と肚《はら》を決めて隠れていた木から身を晒《さら》す。

「領家……おまえ、なんでここに……」

目を瞠《みは》った相手につかつか歩み寄り、

「俺、絶対二股なんかしてないし、不実なんかじゃねえから。俺はおまえしか欲しくないってあんなに言ったのに、なんで変なこと言い出すんだよ」

立ち聞きしたことへの言い訳は脇に置き、つい詰問《きつもん》口調になってしまう。

彼は唇を嚙んで視線を地面に落とし、悔しげにじわっと瞳を潤《うる》ませた。

「……だって、さっき見ちゃったから、二股の証拠……」

「……え。って、なにを？　証拠なんかあるわけねえだろ、実際二股かけてないのに」

まったく身に覚えもないのに相手の口調は妙に確信ありげで当惑する。

彼はキッと涙目で睨みながらわめいた。

「証拠はおまえの手帳だよ！　毎日書いてるじゃないか、扇谷先輩のことばっかり！」

「……は⁉　どこに⁉　あの人のことなんか一度も書いたことねえよ！」

なぜ今その名が出てくるのか意味不明の糾弾《きゅうだん》にわめき返すと、

「嘘つくなよ！　さっき一緒に掃除したときにこの目で見たんだからな！　毎日マメになんか書いてるなって思ってたけど、変なイニシャルと『ピアノが好きだ』ってびっしり書いてあったぞ！　おまえが本物のピアノ弾くとか聞いたことないし、前に食堂で扇谷先輩と内緒話してたし、知らない間にショパンの話とかしてるらしいし、おまえは僕以外関心ないなんて言ってたのに、そんな親しくしてること僕に隠してたし、『クラヴィーア』って扇谷先輩のことだって思い当たって、『カメラート』は浮気仲間のことだったんだってピンと来たんだからな！」

「……」

全然正しくピンときてねえよ、と相手の激しい勘違いに呆気《あっけ》に取られる。

たしかに煌学生ならピアノと言えば扇谷を連想すると思うが、適当に考えた『クラヴィーア』という隠語《いんご》がここまで誤解を招くとは思わなかった。

訂正箇所が多すぎて、どこから手をつけたらいいのか困惑しながら、

「……ええと、徹頭徹尾間違ってるから順を追って訂正するけど、まず『クラヴィーア』って

扇谷さんじゃなくておまえのことだから」

一番の誤謬《ごびゅう》から正すと、相手はホッと笑んでくれるどころか余計眉間の皺《しわ》を険《けわ》しくした。

「なんでだよ！　僕はピアノなんか弾けないのに、どうして僕が『クラヴィーア』なんだよ！　そんな適当なこと言っても誤魔化されないぞ！」

「だから、暗号なんだよ！　手帳の中でだけおまえをそう呼んでたんだよ、片想いしてるときからずっと！」

「え……」

ぽかんとする相手を、照れと気恥ずかしさで頬を熱くしながら睨む。

「……秘密の日記だったのに、なに勝手に人の手帳見てんだよ。勝手に盗み読みして勝手に誤解して、勝手にいじけたり怒ったり、心臓に悪いことすんなよ。いまみたいに誰かに手帳を読まれたら困るから、『おまえが好きだ』って直接書かないで暗号で書いてたんだよ。『鞍掛』の『くら』の頭韻《とういん》で『クラヴィーア』にしただけで、ピアノのことじゃねえし、誓って扇谷さんのことじゃねえから。あの人とは二回しか口きいたことないし、トータル十分も話してないから浮気するほど関わってねえよ。別に好みでもねえし。だから二股なんか絶対かけてない」

「……え。ほ、ほんとに？　全然関係ないの？　クラヴィーアと扇谷先輩……」

混乱したように激しく目を瞬《しばた》かせる相手に大仰《おおぎょう》に溜息をつきながら頷く。

「『クラヴィーアが好きだ』は『鞍掛捷が好きだ』って意味だよ。びっしり書いてあったの見たんだろ。本人に盗み読まれるなんて思ってなかったけど、とにかく、俺は潔白《けっぱく》だから」

いつも手帳を入れている制服の胸ポケットを上から押さえながら断言すると、彼は顔を赤らめて口ごもる。

「……別に、日記を読もうとしたわけじゃないんだよ。さっきは、おまえがいつも肌身離さず持ってる手帳が椅子の上に落ちてたから、そういえば前に野枝《のえ》さんの写真を見たなって思って、『いまジュリエットの恰好ですけど、ジュリエットくらい真剣に領家のことが好きです。でも劇みたいに死んで結ばれるんじゃなくて、生きて幸せになれるように頑張りますから、見守っていてください』って言いたくなって、写真が挟んである頁《ページ》を開いたら、『Klavier』っていっぱい書いてあって、だからてっきり扇谷先輩のことかと……」

「……」

誤解のきっかけが興味本位の盗み読みではなく、あまりにも可愛くて嬉しい理由だったとわかり、その場に蹲《うずくま》って男泣きしたい衝動に駆られる。

母の写真に誓おうとしてくれた言葉も、二股かけられていると誤解していても荊木より自分を選んでくれたことも、相手の気持ちは単に自分に引きずられただけじゃないと信じられた。

湧き上がる愛おしさのまま駆け寄って抱きしめると、脳内にショパンの『英雄ポロネーズ』とエルガーの『威風堂々《いふうどうどう》』とヴェルディの『凱旋行進曲《がいせん》』が同時に聞こえてきて、曲名に自分の喜びと天狗《てんぐ》な気持ちが如実《にょじつ》に現れていた。

「ちょっ、領家……！　こんなところで……」

焦って身じろぐ相手をきつく抱きしめ、

「平気だよ、夜だし、こんなとこ誰も来ねえよ」

抱きしめたまま数歩歩いて相手を背後の木に押しつけ、自分と違って素直で可愛いことばかり口走る唇を塞《ふさ》ぐ。

「……ンッ……！」

この唇を舞台上で盗めるのに奪わずにいてくれた荊木の品性をほんのわずかだけ見直しつつ、自分だけしか知らない甘さを独占して味わう。

長い口づけのあと、唇をほどいて相手の瞳を覗き込む。

「……俺の好みはおまえだけだし、毎日見たいのも、話したいのも、触れたいのも、綺麗だと思うのも、手帳に綴《つづ》りたいのも全部おまえのことだけだ。だから、金輪際《こんりんざい》疑うなよ」

そう釘《くぎ》を刺すと、相手は赤い顔でこくんと頷く。

やっと無実の二股疑惑を撤回できてホッと息をつくと、ふと先刻盗み聞きした中にショックな言葉があったことを思い出す。

「……俺はこんなに一途《いちず》で目移りなんかしないのに、おまえは荊木にぐらっと来たんだな」

幹に両手をついて囲いながら目を眇めて追及《ついきゅう》すると、

「……だってそれは、あのときはおまえに裏切られたと思い込んでて落ち込んでたし……、でも『ぐらっと来そうになった』だけで、来てないし、ほんとは不実じゃなかったけど、不実と勘違い中もおまえを見限らずに荊木先輩を断ったんだから、僕のほうが一途だと思う」

と勝気に主張してくる。

ごめんと謝られるより今の返答のほうが好みに合い、紅い頬に唇をつけながら訊いてみる。

「じゃあ、仮に、もし疑惑どおり、俺がほんとに二股かけてたとしたら、おまえどうする?」

そんなことはありえないが、今度はどんな答えが返ってくるか興味深く待っていると、相手はそんな不愉快なことは訊くな、というように唇を尖らせて、ゴンと肩口に額をぶつけてくる。

そのまま肩に顔を当て、

「……もしほんとだったら、容赦《ようしゃ》なくぼこぼこに殴る。それでおまえがすぐに改心したら、ほんとは許したくないけど、一回だけは渋々許す。でも扇谷先輩はすごく素敵な人だから、未練が断ち切れないかもしれないから、おまえが先輩にふらっと戻って行かないように、僕のほうがいいって思わせることをいろいろ頑張る。えーと、先輩みたいに髪を伸ばしたり、ピアノの練習したり、大人っぽく振る舞ったり、あとはえーと、……あ」

彼はそこで言葉を切り、肩に凭《もた》れていた顔を上げ、ちらっとこちらを見上げた瞳をすぐに伏せた。

一瞬、木立の隙間から差し込む月明かりに浮かぶ相手から、ふわりと月下に一夜だけ咲く花の香気が香ったような錯覚を覚えて、どくんと鼓動が揺れる。

「……あとは、なに……？」

なにかいいことを言ってくれそうな予感に声を潜《ひそ》めて続きを促す。

相手は夜目にも赤くなり、「……なんでもない」と首を振ったが、「言えよ。言いかけといて、途中で止めるなよ」と期待に上ずりそうになる声を抑えて追い詰める。

彼はしばらく視線と首を揺らして口を閉ざしていたが、「ねえ、言ってよ」と懇願《こんがん》すると、さらに頬を薔薇色《ばらいろ》に染め、ようやく小さく口を開いた。

「……だから、その、か、身体とか……えっと、ジュリエット的に言うと、『あなたの愛がまことの愛なら、私は私のもの一切をあなたの足元に投げ出しますわ』みたいな……」

真っ赤な顔でそう言った相手は、本気で頭から食べてしまいたいほど可愛くて、もし将来先立たれたら、比喩《ひゆ》でなく文字通り食べてから後を追おう、と猟奇的《りょうきてき》なことまで考えてしまう。

「……それって、おまえは俺に、『この私のすべてをお取りになっていただきたいの』って芝居の台詞じゃなく、ほんとに言ってくれる気があるってこと……？」

興奮に掠《かす》れがちの声で確かめると、相手はすこし躊躇《ためら》ってから赤い顔で小さく頷く。

「……うん。だってリーベなら、してもいいことだし……。伊鞠に栃折さんと初めてべガったときの話を聞いたら、すごく大変だったけど、すごく幸せで、もっと栃折さんのことが好きになったって言ってたから、僕もいつかおまえとベガったら、そうなるのかなぁとか、考えてたし……」

「……」

ごくっと喉が鳴らないように必死で耐えながら、いつもは小生意気なマセガキとしか思っていない筈見を、おまえはいい仕事をした、と誉めてつかわしたくなる。

「……筈見から男同士でベガるときのこと、具体的に詳しく聞いたのか……？　抽象的に『ひとつに結ばれた』とかじゃなくて」

いざというときに「そんなことするなんて聞いてない！」と仰天されて拒否されては困るので、念のため確かめると、

「……え。えっと、うん。だから、その、アレを、あそこに、あれするんだろ……？」

とものすごく言い辛《づら》そうにもじもじ言われ、その恥じらう様に悶《もだ》えそうになる。

指示語ばかりだがおおよそはわかっているらしく、やり方を知ったうえでもいつか自分としてもいいと思ってくれたのだと思うと、「いつか」じゃなく「いますぐ」欲しくなってしまう。

幹についていた両手を外して相手の頬を挟み、じっと瞳を見ながら願いを口にする。

「……鞍掛、それ、いまじゃだめか？　おまえが俺のこと、もっと好きになってくれるかもしれないこと、いますぐしたい……」

下手を打てばもっと嫌われてしまうかもしれないが、これまでひそかに井原西鶴《いはらさいかく》の男色物や南方熊楠《みなかたくまぐす》の男色《だんしょく》研究論文を熟読してきたので手順はわかっている。

相手は目を瞠《みは》り、

「え……い、今、ここで……？　だ、だめだよ、そんなこと、外でなんて……んっ」

正論を吐く唇を強引に塞《ふさ》ぎ、願いの強さを唇と舌で伝える。

うぶな相手と結ばれるのはもっとずっと気の遠くなるような先のことだと覚悟していたが、筈見にあれこれ吹き込まれて性知識も増えており、先刻荊木を振って自分を選んでくれたことや、扇谷の件で嫉妬や独占欲を見せてくれたことや、母への言葉など、嬉しすぎることが続いたせいで、もう最適な場所にお膳立《ぜんだ》てを整えるまで待つなんて無理だった。

「……んっ、んんっ、ンッ……」

離せ、というように詰襟の背中を後ろに引っ張っていた両手は、無視して深く舌を絡《から》め合わせるうちに徐々に抱きしめるように回される。

口づけながら昂ぶる興奮を押し付けると、彼はびくっと震えながらも突き飛ばしたり逃げたりはしなかった。

相手の前も熱くなるまでキスしたまま擦りつけると、銀の糸を引いて唇を離したとき、

「……領家……外じゃ、絶対ダメだよ……せめて、屋根と壁のあるとこに、行こ……？」

と濡れた唇と濡れた瞳で囁かれ、軽く違《い》きかける。

瞬時に条件を満たす場所を脳内で探し、

「この奥にある薪《まき》小屋と、もうちょっと校舎寄りの園芸部の温室だったら、どっちがいい？

温室のほうが雰囲気はいいけど、万が一誰かが来て見られるかもしれなくて、薪小屋はこの時

期この時間に来る奴はいないと思うけど、風情《ふぜい》がない」

どちらも初めてのベガッテンにふさわしい場所とは言い難《がた》かったが、贅沢は言ってられない。

彼は火照《ほて》った吐息を零《こぼ》して数秒考え、「……じゃあ、薪小屋にする」と小声で言った。

日頃綺麗好きの相手がレディ・チャタレイ的な選択をしたのが意外だったが、誰にも見られたくないという意向を尊重して綺麗な温室より無骨《ぶこつ》な薪小屋へ向かう。

薪小屋は寮の風呂焚《た》き用や冬の教室の暖房用に使われる薪の束《たば》が、雨よけの屋根だけついた薪置き場に堆《うずたか》く積まれ、その端に薪を割る鉈《なた》や束に縛る縄などをしまう道具置き場の小屋がある。

黴《かび》と埃《ほこり》の匂いのする暗い小屋の中に入り、やっぱりここじゃひどすぎるかも、と相手を振り返り、

「……やっぱり、温室にしようか？」

今日はやめにして準備万端整えてからにしようか、とはどうしても言えずに場所替えだけ提案すると、相手は後ろ手にそっとドアを閉め、囁くように言った。

「……いい。だって、温室は夜も小さい電燈がついてるけど、ここは真っ暗だから、こっちのほうがちょっとは恥ずかしくないような気がするし……」

「……」

やっぱり生きてるうちに食べてもいいだろうか、とふたたび猟奇的な気分になる。

本気で食べたいくらい可愛い相手を比喩的に食べるために、急いで壁際にあった大きなスコップを手探りで掴んでドアノブにつっかえ棒として引っかける。

「……鞍掛、外から開かないようにしたし、暗くて裸になっても見えないから、脱いでくれないか……？　着たままだと、泥《どろ》とか汗とか埃とか、その他諸々《もろもろ》汚れるし、俺も脱ぐから……」

暗闇の中、詰襟を脱ぎながら促すと、相手もつられておずおず脱ぎだす気配がした。

全裸になって上着を床に敷き、手探りで相手をその上に座らせて横たえる。

「……背中とか痛かったりしないか……？」

釘《くぎ》などが落ちていたら相手の肌に傷をつけてしまう、と覆《おお》いかぶさる前に確かめると、

「……平気……ドキドキするだけ……」

と囁かれ、そっと自分の裸の胸を相手の胸に重ね合わせる。

「……俺だって、こんなだよ……。おまえといると、いつもこんな風になる。……初めて会ったときも、死ぬほどドキドキしたから、心臓発作起こしたのかと思った……」

首筋に唇を這わせながら囁くと、相手はびくびく細かく身を震わせながら小さく笑う。

「……僕は、おまえと初めて会ったとき、すごくキリッとした賢そうな子だなって、友達になりたいなって思ったのに、数十秒後には『こいつとは生涯気が合わない』って思ったよ」

それなのに、こんなことする仲になっちゃったね、と首に腕を回され、胸が詰まってひしっと掻き抱く。

「おまえが天使みたいな心の広い奴でほんとによかったよ……。ごめんな、いままで口にした罵倒《ばとう》は全部本心じゃねえから。ほんとはおまえの瞳は月の光のたゆとう夜の海みたいだって思ってたし、耳たぶは印象派の画家が最高の色に調合した絵の具をつけた絵筆で撫でたような薔薇色だとか思ってたし」

「……ほんとかよ。なんか嘘っぽい。猫被ってるだろ。そんなシェイクスピアばりのこと考えてたなんて、一回も聞いたことないけど」

「ほんとだって。ロミオがジュリエットに言う言葉も、シェイクスピアに先越されたけど、まんま俺の気持ちだし。『姫の頬の美しさは星どもをさえ恥じ入らせる』とか、『あの手を包む手袋になって、あの頬に触れていたい』とか、『ひときわ目立つあの美しい姿は、まるで烏《からす》の群れに伍《ご》する雪を欺《あざむ》く白鳩《しろばと》の風情』とか『まことの美しさを眼に見るのは今宵《こよい》が初めてだ』とか」

「もういいよ！　恥ずかしいよ、いつもひと言もそんなこと言わないくせに。……今日だって、本番前にジュリエットの恰好見せに行ったときも、全然無反応だったたし……」

みんな結構綺麗だとか似合うとか言ってくれたから、おまえも喜ぶかと思ったのにさ、と拗《す》ねた口調で続けられ、三たび頭から食べたくなる。

「『可愛すぎてたまらねえ』の『か』だけ言っただろ。死ぬほど喜んでたよ、実は」

「わかんないよ、『か』だけじゃ！　ちゃんと正直に言えよ、その都度思ったことを」

ぽかっと拳《こぶし》で頭を軽く叩かれ、

「わかった。じゃあ、乳首舐《な》めていいか？」

といま思ったことを正直に言うと、「は⁉　なに言って……」と唖然とした声を出される。

僕が言ったのはそういうことじゃなくて……！　と慌てる相手の胸を撫で回し、指先に触れた乳首に顔を寄せる。

「ちょ、アッ……！」

暗闇に目がすこし慣れてきて、輪郭《りんかく》がわかるようになった相手の胸に頬ずりし、乳首に舌を伸ばす。

三島の宿では「自慰の伝授」という名目上、どんなに乳首を舐めたくても触れられず、忍耐を強《し》いられた反動でいまは乳首を責めたい欲求が止められない。

ちろちろと舐め回して尖ってきた尖端を、ちゅうっと音を立てて吸い上げる。

「や……りょ、領家……」

相手の声にすこし怯《おび》えが滲《にじ》み、肌を合わせた身体にも緊張するようなこわばりが感じられた。

ここまで予想外に順調に来たが、やはり奥手な相手は愛撫を始めると怖気《おじけ》づいてしまう。

でもこの可愛い乳首から口を離す気にはなれず、緊張がほぐれるような話題を振ってみる。

「……あのさ、『オッパイ』の語源って、古代朝鮮語の『吸うもの』っていう意味だって知ってたか？」

「え……知らない。そうなの？」

「うん。弦彦《つるひこ》さんが晩酌《ばんしゃく》のとき酔っぱらって教えてくれた。……だから、吸うぞ」

なにが「だから」なんだよ、わけわかんないよ、と文句を言う声にほんのり苦笑が混じり、チュ、チュと吸ううちに「ンッ……ん、ぁ……」とだんだん感じはじめたような艶《つや》が声に滲みだした。

左右の乳首を指と唇で心ゆくまで愛《め》でながら、兆《きざ》しはじめた相手の性器に手を伸ばす。

「あッ！　領家……！」

握った掌《てのひら》に快感を覚えるほど相手の分身は触り心地がよく、焦った声を出されても止めずに上下に扱《しご》きたてる。

「あ、やっ、りょう、……んっ、はっ、あぁ……」

乳首と性器を同時に可愛がり、相手がその身に愛と快楽だけを感じとれるように愛撫を施《ほどこ》す。たらたら溢れだす先走りで掌が濡れはじめると、ずり下がって足の間に陣取り、両腿を摑む。

「え……領家？　ちょ、なにする気だよ……？」

相手の形をした影が暗闇の中で焦ったように肘《ひじ》をついて身を起こす。

「ルッチェン（しゃぶる）とレッケン（舐める）。こういうの、見たことあるだろ、芹澤《せりざわ》の猥《わい》褻《せつ》写真集で」

「み、見たけど……、でもあれは外国の……あぁっ！」

嫌がる隙も与えず張り詰めた性器を口に含む。

彼の性器ならいくらでも舐めたいし、舌に感じるかすかなシュバイス（汗）の塩気さえグート（美味《おい》しい）としか思えなかった。

「やっ、だめ、領家、待ってこれっ……あ、あぁ、なんか、すご、……きもちい、よぉ…っ！」

激しい口淫《こういん》に半泣きになりながらも快感に喘《あえ》ぐ相手の声に、自分の怒張《どちょう》もさらに熱く昂《たかぶ》る。

「はっ、はぁ、りょ、領家、も、口、離して、出ちゃいそうっ……！」

限界が近づいて、頭を外そうとする相手のものをちゅぽんと音を立てて解放する。

ほ、と息をつく相手の性器の根元を握りしめ、片足の膝を胸につくまで押し上げる。

「え……領……なに領家、やぁっ……！」

達《い》かせてもらえるはず、という相手の期待を裏切り、予想外の所業に出る。

驚愕に身を捩《よじ》る相手を手と自分の身体で押さえ込み、後孔《こうこう》に這わせた舌を縦横無尽《じゅうおうむじん》に動かす。

「やだ、やだ、なにすんだよ、変態っ、やめろってば、……あぁっ！」

「……しょうがねえだろ、潤滑油《じゅんかつゆ》代わりなんだよ。俺の唾《つば》と、おまえのザーメン使うから、もうちょっと我慢して」

「え……でもこんなっ……、やっ、だめ、いや、中、入れんなぁっ……！」

悲鳴で制止されると、逆にもっとしたくてたまらなくなる。

バタつく足を押さえつけ、性器に気を向けるようにねっとりと亀頭《きとう》を捏《こ》ね回し、中に差し入れた舌で内壁を濡らす。

こんなことにこんなに興奮するなんて、確かに俺は変態だ、と認めながら舌を抜き差しする。

相手は羞恥《しゅうち》と混乱のあまり、喘ぎながらしゃくりあげた。

「……ひ、っく、こんなこと、やっぱり、十六でしちゃいけなかった……。ほんとはもっと大人になってから、するつもりだったのに……おまえがいますぐって……んぁっ……や！」

「一応合意の上だろ。筈見は十五でやったし、ジュリエットなんか十三歳だぞ。だから大丈夫」

「なにが大丈夫なんだよっ！　こんなこと、これ以上したら、恥ずかしくて死んじゃうよぉっ」

「俺はおまえが可愛すぎて死にそうだよ。……ほら、もう達け」

「え。あ、あ、あぁっ……！」

高めては焦らし続けた性器を強く扱《しご》き上げて射精させ、手の中の粘液《ねんえき》を舌で緩《ゆる》めた場所に塗り付ける。

「あっ、指も……ちょ、やっ、中、そんな、動かすなっ……！」

「動かさなきゃ拡《ひろ》がらねえし、おまえが痛い思いすることになるんだぞ。これは思いやりだ」

「違うっ、苛《いじ》めてるっ……やぁあっ」

文句の多い口から喘ぎしか出せなくなるように、後ろを弄《まさぐ》りながら達ったばかりの性器を咥《くわ》える。

「あっ、領家！　ルッチェンやだ、しなくていっ、……あ、ぁんっ、ひぁあ！」

喉奥まで飲み込みながら内襞《うちひだ》を指で辿《たど》ると、相手がびくっと震えてひと際高い声を上げた。

口の中のものも形を変え、そこが感じる場所だと教えてくれる。

力を取り戻した性器を啜《すす》り上げ、指を増やして奥を拡げながら相手のいい場所を執拗《しつよう》に狙う。

「りょ、領家……、おまえのにも、ルッチェンする……？　硬いし、僕ばっかり何度も……」

はぁはぁ喘ぎながら、常に平等と公平を貴《とうと》ぶ相手に意向を問われ、また軽く逹きかける。

「……今日はいい。おまえの口の感触も知りたいけど、いまはこっちの感触が知りたい……」

三本使って拡げた孔《あな》から指を引き抜き、張りつめきった分身を押し当てる。

「鞍掛、俺は一生おまえしか知らなくていいから、おまえもほかの奴は知らないままでいて」

さんざん変態と誹《そし》られることをしたあとで、純情ぶった願いを口にするのもおかしいが、相手にも自分だけだと誓わせなくては気が済まなかった。

薄闇の中の彼の影はかすかに笑みを浮かべた気配があり、

「……そんなこと頼まれなくても、ふたりでするシュライベンも、ベガッテンも、こんな恥ずかしいことは、ほかの人とはできないよ……」

どっちもおまえとしかしたくないし、と小声で付け足され、四度目の猟奇的発作に襲われる。

相手の奥深くまで挿《はい》りこみ、肉を食《は》む代わりに怒張で穿《うが》ち、血を飲む代わりに唾液を啜《すす》る。

もしいま火事が起きて薪小屋ごと燃えてしまったとしても、相手と繋がったまま逝けるなら悔いはないと思った。

「ねえ、領家、もういいから、降ろしてくれよ、歩けるから」

「さっき腰立たなかっただろ。寮まで結構距離あるんだから、黙っておぶさっとけ」

こんなとき、荊木だったらもっとスマートな後朝《きぬぎぬ》の振る舞いをするんだろうな、と思いながら、自分のせいで腰が砕《くだ》けて歩けなくなったリーベを背負って月明かりの林を歩く。

心地よい疲労と満足感に包まれ、このまま寮に着かずにずっと歩いていたい、と思ったとき、背後から甘えるように頰を摺《す》り寄せられ、触れあった部分が熱くなる。

「……実はさ、おまえが僕に『クラヴィーア』って仇名つけてたみたいに、僕もこっそりおまえに『ラーヘン』ってつけてたんだ。前はしょっちゅう煙草吸ってたからさ。けど、この頃は僕が煙苦手って言ったから禁煙してくれたみたいだし、仇名ちょっと変えるね。僕、滅多に見られないおまえの笑った顔が好きだから、『ラッヘン（笑う）』にする」

「……」

最愛のリーベにそんな仇名をつけられる日が来るなんて、煌学に入る前の偽物の作り笑いしかできない、本心からはにこりともできなかった頃の自分に教えてやりたいと思った。

こいつが喜ぶなら、これからは笑いたいときはかっこつけずに素直に笑おうかな。もっと好きになってくれるかもしれないし、こいつといれば俺はいつでも心から笑いたくなるから。

あとがき

AFTERWORD

—小林典雅—


こんにちは、またははじめまして、小林典雅と申します。

本作は全寮制の旧制高校を舞台に、ツン攻と鈍感《どんかん》受が喧嘩しながら初恋を実らせるお話です。

「バンカラ」の語源は「ハイカラ」のもじりだそうですが、大正浪漫のハイカラな世界は以前「執事と画学生、ときどき令嬢《れいじょう》」という本で書かせてもらったので、今回は昭和初期のバンカラな青春群像にトライしてみました。

旧制高校物を書くにあたり、当時高校生だった方々の回顧録《かいころく》などを拝見したのですが、もう「それって友情通り越して、もはや愛ですよね!?」と悶《もだ》えるエピソードがごろごろあり、煌星《こうせい》学園の生徒たちも友情が高《こう》じて恋しちゃっても大丈夫だ！　リアルに昔の男子もリーベとか言い合ってるし！　と勇気を得て、作中でも心おきなくリーベと連呼させちゃいました。

今回、当時の高校生の必読書の『三太郎の日記』や『善の研究』、本文に書名をあげた本も高校生たちが実際に読んでいたというのでためしに読んでみたのですが、「マジでこんなの普通に読んでたんかーい！」と驚く難解さで、昔の高校生って頭良かったんだなぁと実感しました。

一応煌学生《こうがくせい》も優秀という設定で（そうは見えないかもしれませんが）、若く賢い男子の集団が真剣に学んだり馬鹿をやったり、ひたむきに恋したり、めいっぱい青春するさまを書くのはとても楽しくて、もっとこの子たちを書きたいな、とも思いますが、時代的にこのあと旧制高校にも軍事教練が始まったり、きな臭い世相《せそう》に巻き込まれる運命が待っているので、捷《しょう》たちはこのままキラキラした時間の中にとどめておきたいな、とも思います。

一話目を書いたあと、領家《りょうけ》のツンぶりがひどすぎて、こんな可愛げのなさではいくら後でデレても挽回《ばんかい》できないかも、と思ったので、二話目は領家視点で出会いから振り返ってみました。実はツンなりに捷にベタ惚れで、無表情の裏側で一喜一憂《いっきいちゆう》していた領家を書いてみて、やっとこれなら捷もほだされるかも、と思えました。両想いになってからも不器用なツン攻と、意外に男前な天然受の恋模様も楽しんでいただけたらとても嬉しいです。

今回はカズアキ先生に挿絵を描いていただけて、すごく幸せでした。領家も捷も、栃折《とちおり》も伊《い》鞠《まり》もとても魅力的に描いてくださり、南寮五号室ではカズアキ先生の手になる美麗な2カプが夜ごといちゃくらしてるんだ、と思うとニヤケが止まりません（コラ）。お忙しい中、素敵な挿絵を本当にありがとうございました。

それから、この本でトータル二十冊目になるのですが、応援してくださる皆様のおかげでやっとここまで来れました。本当にありがとうございます。これからも読むと和《なご》んで元気になるビタミンBLを書けるように頑張ります。また次の本でお目にかかれたら幸いです。

この本を読んでのご意見、ご感想などをお寄せください。
小林典雅先生・カズアキ先生へのはげましのおたよりもお待ちしております。

〒113-0024　東京都文京区西片2-19-18　新書館
[編集部へのご意見・ご感想] ディアプラス編集部「若葉の戀」係
[先生方へのおたより] ディアプラス編集部気付　○○先生

- 初出 -
若葉の戀：小説DEAR+17年ハル号（vol.65）
燃ゆる頬：書き下ろし

[わかばのこい]
若葉の戀

著者：**小林典雅** こばやし・てんが

初版発行：2018年5月25日

発行所：株式会社 新書館
[編集] 〒113-0024
東京都文京区西片2-19-18　電話（03）3811-2631
[営業] 〒174-0043
東京都板橋区坂下1-22-14　電話（03）5970-3840
[URL] http://www.shinshokan.co.jp/

印刷・製本：株式会社光邦

ISBN978-4-403-52449-3